个别化教师专业发展研究

◎ 王小平 夏惠贤 ／主编

上海教育出版社
SHANGHAI EDUCATION PUBLISHING HOUSE

个别化教师专业发展研究

主　编　王小平　夏惠贤
副主编　陈　霞　施伯云　钱佩红　陈民仙
编　委（以姓氏笔画为序）
　　　　王小平　白益民　叶宝康　张振芝　张　社
　　　　朱怡华　朱　蓉　孙安雯　陈民仙　陈　霞
　　　　陈　艳　吴立岗　施伯云　顾志跃　钱佩红
　　　　夏惠贤　徐　妍　徐　迅　曹子瑜

目　录

序

一

老子的《道德经》中有句话叫做："上善若水。"说的是水不与万物相争,顺势流动,可以自然地展其形,原意是要传达一种无为的处世哲学。在现代人看来,虽然话语中不免有悲观的成分,但换个角度来解读,我们可以看到不同的语境。在这里,我借用"水"这一比喻,放到学校情境中,围绕教师专业发展话题,就可以明晰学校、管理者和教师在教师专业发展中各自的角色及其关系。而这个"善"字则是一种至高的境界,我们可以把它看成是教师个人在专业上得到完满的发展境界。

水无常形。如果把一个学校的教师比作是众多的川流,那么必有妩媚、有粗犷、有娴静、也有奔放,这好比是教师差异的个性,呈现的是丰富性与多样性。

水是灵活。水最不易受拘束,因时因势而变。入夏为雨,入冬为雪,遇冷为冰,遇热为气。倘若学校管理者在对待教师问题上能灵活如是,则是一种尊重人之本性的领导和管理,必能和谐地推动教师的发展,促进教师个体成长。

水是博大。水,通达而广济天下,最具包容性和渗透力。同样,站在管理者的角度来看,当学校管理者一旦具有海纳百川的胸襟和气魄,教师发展的空间也就在无形中被拓展了。海阔凭鱼跃,天高任鸟飞。管理者的包容与适时的引导是教师最大限度地开发潜力的条件和保障。

水是凝聚。水具有很强的凝聚力,心向一处。而百川归海说的是最终的归属,既然把教师比作百川,那么归于海则更像是寻找到共生的环境。学校是教师的职场,更是教师的成长园。

二

本书的亮点就在于"个别化"三个字。我们说很多关于教师专业发展的意义、制度、操作等,基本上都是以群体为单位,站在比较宏观的角度来谈培训、研修、教研活动等,而具体到一个学校教研组,甚至于教师个人,则较少考虑。在教学活动中,我们尚且关注学生的差异,那么在教师专业成长和发展过程中,我们怎能置教师的差异于不顾?作为领导者和管理者又应该怎样处理认识和对待教师的差异?学校对教师的要求和想要达到的目的又应该怎样融为一体?很高兴,我们在世界外国语小学的这项研究中找到了诸多的思考与经验。

本书先是立足于现有教师培训活动的各种不足,提出了个别化的教师专业发展的背景。当然,教师专业发展不限于教师培训一项,但作为立论的突破口,学校管理者通过观察和调查,列举了培训的局限所在。然后总结出有效的教师专业发展必然是"基于教师自身专业发展需要的、适合教师工作特点和教师自身特点的、有针对性的、充分的支持和指导的活动"。

如果说，培训机制中存在的不足是提出个别化教师专业发展的实践背景的话，那么除此之外，研究者在寻找个别化教师专业发展的理论基础上，也是颇具探索性的。从教师专业发展的国际趋势到教师专业发展的内在需要，再到与规格化教师专业发展的比照，在研究者看来，提出个别化的教师专业发展是一条合适的发展道路。

随后，研究者对本校教师的需求作了全面的调查与分析，作为行动的起点。纵向上按照教师职业生涯阶段，对初任教师、有经验教师和成熟教师的需求作了调查和分析，包括各阶段教师的"关注"点、关注水平、专业发展需求。横向上以不同的学科教研组，同时还考虑到教师不同的个性特征，由此形成了一纵、一横、一交叉的指导思路，为具体操作提供了线索。

接着，研究者从不同的职业生涯阶段、不同的学科教研组及教师不同的个性三方面，分别提出了个别化发展策略。尤其在后两者的阐述上，本研究提供了学校的诸多案例，为读者感受和理解个别化策略提供了很好的认识参照。

然而，透析教师专业发展的多样性与差异性外，也要顾及统一与整合。而研究者从管理者角度出发，找到了落脚点，在将近结尾部分论及了教学常规和教学文化建设问题。

最后，研究提出了个别化教师专业发展的模式，重点是包括一整套促进教师专业发展的策略、方法体系，其中既有"类"的层面，又有"个"的层面，顾此也不失彼。

本书提出了"个别化"的三个维度，并构建了个别化教师专业发展的模式，还提供了学校丰富的实践证明，使得全部论述骨架分明，有血有肉。而研究者先前关于教师需求的调查则作为了研究真实性与说服力的很好明证。所以，在研究方法上，本书也体现了教育研究的量与质的结合。

三

在前文中，我们已经提及了教师发展中的三个概念：差异、管理、统一。而个别化教师专业发展的研究正好体现了这三方面的思想。

■教师：差异和需求

在对教师差异性的构架上，研究形成了纵横交错的三个维度：教师职业生涯阶段、学科教研活动、教师个性特点。这样，所呈现的差异性不是平面，也不是线性的，而是立体、分层的，形成比较系统的结构，后面提出的发展策略就较有针对性，易于执行。

从个人拥有知识的角度来说，我们可以把知识区分为公共的和个人的。大多数的教师培训都是交流普遍的公共知识和经验，很难顾及教师个人的实践性知识和体验，因而，对于"群体"的培训在教师个人的专业发展中只能起部分作用，这也是本研究寻求教师的个别化专业发展的重要原因。也就是说，个别化的教师专业发展是要突出教师在发展过程中的主体性，根据各自的特点，发挥他们的主观能动性。研究表明，教师主体的主动参与程度是决定教师继续教育绩效的最重要因素。而只有符合教师自身发展需要的那些活动，才能激发其内驱力。

教师专业发展不是为了某个外在的目标，而是要努力做到教师的自我展开和自我实现。当教师真实的内在职业需求，甚至是实现自我价值的需求被唤起时，就会有强烈的动机与动力。所以，研究通过理论学习以及实证调查等方法对不同职业生涯阶段教师、不同学科领域以及不同个性教师的需求进行了解，是相当有必要的。

■管理者：风格和策略

在本书中，除了个别化教师专业发展的三个切入维度和各自的发展策略外，学校管理者的管理风格也令人印象深刻。如果管理者不具有海纳百川的胸怀，没有对个体教师彻底的人文关怀，忽略他们是作为有潜在能力的成长体的话，个别化教师专业发展是很难实现的。值得一提的是，管理者对教师的管理和对教师个别化专业发展的促进是建立在充分了解对方的基础上的，通过收集教师的反思日志、管理者与教师的谈话以及对教师的日常关注等，学校管理者才在教师专业发展问题上做出决定。从教师发展的管理上来讲，这种人本管理尊重人性，很强调教师内在价值发挥，是一种充分调动教师个体积极性的管理。

■学校：共生的文化

尽管不同职业生涯阶段、不同学科教研组、不同个性的教师之间有差异，但对于学校而言，最终还是要归属到一种统一性上，即学校整体的教师、教学文化。当教师与教师之间，教师与管理者之间拥有共同的语言、态度、价值观、生活方式，并能互相认同和关怀时，这就形成了一种"共生"的文化。这种文化的建构，离不开教师和管理者共同的有目的的活动。在世界外国语小学，严格的规范、细致的工作作风，这些都是学校的文化内涵所在。即便教研组与教研组之间具体情况不同，教师与教师间有大的差异，但在学校背景下，大家能清楚学校的定位与目标，并能将它们与个人目标达成一致，形成认同，就能在学校建立起和谐的人际环境，心理情感达成互换。这样的教师教育文化，对于促进教师专业发展是有益的。教师在微观层面的差异则在大的学校文化背景下也归属到统一性上来了。这也是差异性与统一性的辩证关系所在。

我相信，本书的出版将会对上海市的二期课程改革和教师发展起到推波助澜的作用。

张民选

（作者为上海市教委副主任，上海师范大学教授、博士生导师）

2006 年 9 月

第一章　个别化教师专业
发展提出的背景

　　随着知识经济、信息时代的到来,当今世界各国间的竞争日益表现为知识的竞争和教育的竞争,这进而对教师提出了更高的要求。在新的国际、国内形势下,我国采取了一系列旨在提高教师素养和教学质量的措施。在中小学教师继续教育方面,教育部于 1999 年启动了"中小学教师继续教育工程",颁布了《中小学教师继续教育工程方案》和《中小学教师继续教育工程实施意见》,由此,我国的中小学教师继续教育进入了全面推进的新阶段。[①] 在国家、上海市关于中小学教师继续教育的有关规定下,我校教师除自学外,还积极参加了校外教师培训机构和校内举办的多种教师专业发展活动。就市级教师培训机构和区教育学院组织的培训活动而言,有岗位实务培训、上岗培训、教育学院教师举办的"240"课时培训、教学观摩、展示活动、区/校教研活动、外籍教师教学方法培训、师资培训中心骨干教师培训、班主任工作培训、科研培训、教研组长培训,等等。就学校层面组织的培训活动而言,有"骏马奖"和"耕耘奖"教学评比中的教学基本功培训、专业知识/专业技能培训、科研论文撰写、青年教师实务培训、双语教师英语技能培训、面向全体教师的报告、讲座等等。教师专业发展活动的形式很多,然而教师们在参加了多样化的专业发展活动后,他们的感受和反应如何呢? 他们的体会是对教师专业发展活动的真实评价,对探求教师专业发展道路具有重要意义。

一、几多欢喜几多忧

　　作为校领导,我们对自己所参加过的各种专业发展活动深有体会,有些活动我们十分欢迎,感到对工作很有帮助,但有些活动则不然。在与我校教师的日常交流中,我们也了解到,教师们对所参加过的各种专业发展活动的反应也大致如此。一位教师的话令我们印象深刻,她说:"我所参加过的这么多专业发展活动,可以用一句话来概括,就是'一半欢喜一半忧'!"我们是否可以借用这句话来概括大多数教师的感受呢?

　　对教师而言,有些专业发展活动的确能够解决他们在实际工作中遇到的问题,提供给他们发现问题实质的方法与对策,帮助他们尝试和探索新的教学方法,达到

---

① 李晶,中小学教师继续教育工程[M].长春:东北师范大学出版社.2002,92.

各自想要达到的目标等。一些活动,如岗位培训、课题研究前的指导、确定主题后一对一的分析、"骏马奖"评比过程中教师们就自己教学中的薄弱环节重新撰写教案、专家引领下的研究课活动、青年教师基本功培训组的定期实务培训、学期中途教学研究反馈及科研专题研究、备课组共同说课/上课/交流/评课的过程、通过活动展示打开思路并进行适度小结的安排、针对教学中存在的问题所进行的行动研究等等,都深受教师欢迎。然而,令他们感到失望的是,也有一些专业发展活动缺乏针对性,内容空泛,与自己的实际工作关系不大。

当然,教师们的这些感受具有主观性,但在一定程度上揭示了在职教师教育活动中普遍存在的问题,另一方面也体现了受教师们欢迎的专业发展活动的特点。为了探索更具有针对性和实效性的教师专业发展活动,促进教师更好的发展,我们学习了相关教师专业发展理论,同时也总结了实践中的相关经验和教训。通过理论学习和对实践的反思,我们认为,在教师专业发展活动中,关键是要抓住如下一些要素。

二、教师培训中应关注的问题

我们大致归纳了一下受教师欢迎的培训的特征:这些培训在内容上贴近教师的实际需要;在形式上,注重教师的参与和个人的反思与实践,以及同伴互助和专家一对一的指导;在效果上能立竿见影,教师接受培训后,可直接应用到教学实践中,并有所改进。反过来,不具备这些特征的培训则收效甚微,不太受教师们的欢迎。以下将详述这几方面的问题。

(一) 培训内容的针对性

培训内容是培训活动的要素之一。培训内容应根据外界的客观需要和教师的主观需求来制定。外界的客观需要指的是国家、地区教育改革和发展对教师、教学的要求。如学习和贯彻"上海市教育工作会议精神"、贯彻落实上海市二期课改的要求等,教师的主观需要则是教师基于个人的工作需要而提出来的培训要求,如后进生的教育问题、一堂课的教学设计等。只有同时考虑客观要求和主观需要来安排培训内容,才能使培训更好地促进教师和教育的发展。然而,当前的大多数教师培训,其内容多是从教育主管部门和教师培训机构的角度来安排,较少考虑教师的实际需要,因此,培训内容多倾向于理论性或政策性内容,或是其他一些对受训教师来说过于宏观而缺乏实际教学指导的培训。虽然有些培训机构在制定培训内容时,努力想考虑受训者的需要,但由于在了解受训者的需要上,可能要耗费大量的人力、物力、财力,加之培训规模大等原因,因此培训内容也只能考虑到某一受训群体中某一比较共性的需要,而无法照顾到每个受训教师的特殊需要。所谓有针对性的培训内容是要针对培训对象的不同需要而设置培训内容。由于教师的需要千差万别,当然,这在实际操作中是有相当困难的,但相关部门可以根据同一教龄段、同一学科、同一年级或同一职级教师的共同特点来安排培训内容,再辅以适当的个人指导,这就形成了一条有效的发展途径。

同时,我们通过学习也了解到目前国内外学者在教师专业发展问题上的研究成果表明,处于不同专业发展阶段的教师,其所面临的专业发展任务是不同的。

例如,美国学者富勒(Fuller,F.)提出的"教师教学关注阶段论"揭示:处于师范教育阶段的师范生扮演的是学生角色,对他们所看到的一线教师经常持批判的、甚至是敌视的态度,他们更多地关注自己。对于刚走上教学岗位的新教师来说,他们所关注的是自己的教学与控制、对内容的掌握以及如何通过教学视导人员的评价。在此阶段,他们具有相当大的生存压力。对于有一定的工作经验的教师来说,他们所关注的是教学情境的限制和挫折,以及对他们不同的教学要求。在此阶段,教师较重视自己的教学,关注自己的教学表现,而不是学生的学习。只有经历了长期的教学探索和磨砺的教师才能进入关注学生阶段,即从内心真正关注学生的学习和发展。富勒的"教师教学关注阶段论"使我们认识到教师成长的历程是历经关注自身、关注教学任务,到关注学生的学习以及自身对学生的影响这样一个逐渐递进的过程的。在不同发展阶段,教师的关注点有所迁移和变化,因此,相应的教师专业发展的任务和内容也应有所变化。①

如果说富勒的"教师教学关注阶段论"还较为粗略,伯顿(Burden,P.)、费斯勒(Fessler,R.)、司德菲(Steffy,B.)和休伯曼(Huberman,M.)等人所提出的"教师职业生涯周期阶段论"则更为详尽,它以人的生命自然衰老过程与周期来看待教师的职业发展过程,其中费斯勒所提出的"动态教师生涯循环论"和休伯曼等人所提出的"教师职业周期主题模式"对学校的教师培训颇具启发。费斯勒的"动态教师生涯循环论"将教师专业发展分为八个阶段:第一阶段——职前期。此阶段是特定角色的储备期,通常是指学院或大学所进行的师资培养;也包括教师从事新角色或新工作的再培训。第二阶段——职初期。此阶段中,初任教师努力寻求学生、同事、教育行政人员与学校的认同,并设法在每天的问题处理中感到舒适和安全。第三阶段——能力建构期。此阶段,教师努力增进教学技巧和能力,也设法获得新的教学观念,能积极参加教学研究学习会和各种专业学术会议。他们把工作看作挑战并渴望改进自己各方面的技能。第四阶段——热情与成长期。此阶段,教师具有较高水平的工作能力,且还在继续进步中。这一阶段的教师热爱工作,渴望和学生交流,并不断寻找新的方法来丰富教学活动,提高教学能力。第五阶段——职业挫折期。此阶段的教师容易对教学产生挫折、倦怠,工作满足感逐渐下降,常怀疑自己为何要选择教师这一事业。第六阶段——职业稳定期。此阶段教师进入职业生涯的高原期。一部分人开始停滞不前,抱着"做一天和尚撞一天钟"的心态,这些教师只做分内的事,不愿主动追求完善和进步。第七阶段——职业消退期。此阶

---

① 华东师范大学情报研究所 上海市教师进修院校图书资料协作会编,教师专业发展的理论与实践[C].上海:东华大学出版社.2004.3.

段的教师正准备离开教学岗位。第八阶段——职业离岗期。此阶段是指教师离开教学工作后的一段时间。[①] 费斯勒的教师生涯发展论，提供了一个完整、动态、灵活的教师专业发展的理论架构，根据该理论所揭示的教师生涯发展阶段的特征，就可以对处于不同生涯发展阶段的教师采取不同的管理和指导策略。

休伯曼等人在1993年提出的教师职业周期主题模式，则把教师职业生涯过程归纳为五个时期：第一，入职期。这一时期一般指教学的第1~3年，可把这一时期概括为"求生和发现期"。第二，稳定期。这一时期大约指工作的第4~6年，期间，教师对职业较为投入，由关注自己转向关注教学活动，不断改进教学基本技能。第三，实验和重估期，大约指工作的第7~25年。随着教育知识的积累和巩固，教师们开始不满于现状，并重新审视自己所从事的职业。他们试图增强对课堂的影响，大胆进行教改实验，不断对职业和自我提出挑战。也有教师对单调、乏味的课堂生活或改革的失败产生失望之情，开始怀疑自己当一辈子的教师是否有意义。第四，平静和保守期。这一时期一般指工作的第26~33年左右。许多教师在失望和动摇之后重新平静下来，他们对教学工作充满自信但同时也失去了专业发展的热情和精力。第五，退出教职期，大约是工作后的第34~40年。

除了国外的研究，近年来，我国也有越来越多的学者开始对教师专业发展阶段进行研究，并取得了一定的成果。如北京的钟祖荣等人从最能反映教师成长变化的教师素质和工作成绩这两个指标出发，认为教师的成长大致要经过准备期、适应期、发展期、创造期四个阶段，而每个阶段结束时的教师分别称为新任教师、有经验教师、骨干教师、专家教师。邵宝祥等人将教师专业的发展过程分为四个阶段：适应阶段；成长阶段；称职阶段；成熟阶段。此外，林炳伟的研究则用通俗的语言对教师的生涯发展阶段做了如下概括：第一阶段，适应阶段，指教学第1年，通俗地说就是教师在三尺讲台上"立住脚"。这一阶段新教师通过拜师学习，并逐渐认同教师的职业责任，实现师范生向教师的角色转变。教师在此过程中，逐渐熟悉备课、上课、辅导、批改作业、考试测验等教学常规工作；并且通过课堂教学，不断把教学知识转化为教学能力。第二阶段，练就教学基本功阶段，指教学的第2~3年，通俗地说就是在三尺讲台上"站稳脚"。这一阶段教师练就了"两字一话一机"（粉笔字、钢笔字、普通话、计算机）等一般基本功；备课、上课、批改、辅导、测验等常规基本功；处理重点、难点等课堂教学基本功；分析和了解学生、管理学生的基本能力。第三阶段，形成经验和技能阶段，指教学的第4~5年，通俗地说就是在三尺讲台上"站好脚"。这一阶段的教师开始认同教师的职业价值，逐步树立现代教育观念，形成了自己的一套教学设计、教法和学法指导等建构了自身经验体系。第四阶段，教师成长的"徘徊阶段"，指教学的第5~8年，通俗地说就是在三尺讲台上"上下求索"。这一阶段的教师在教学业绩上没有明显的提高，出现心理学上的"高原现

---

① Ralph Fessler & Judith C. Christensen 著，董丽敏等译，教师职业生涯周期——教师专业发展指导[M]. 北京：中国轻工业出版社. 2005. 40~42.

象"，许多教师满足于自己的经验和技能，就此裹足不前。而那些有远大抱负的教师则"明知山有虎，偏向虎山行"，他们投入到对教育理论的学习中，不断进行教学反思，蓄势待发。第五阶段，是教师"成名阶段"，指教学的第8～12年，通俗地说就是在三尺讲台上"游刃有余"。少数越过"高原期"的教师，用现代教育理论指导自己的教学实践，并对学科教学有独特见解，形成了自己的教学特色和风格，成为学科教育专家。此阶段的教师熟知如何激活兴奋点、顺利通过分歧点，维护和推动学生的学习活动。这些教师因具有较强的教科研能力、学科指导能力，业绩突出，被评为省、市的学科带头人、特级教师，成为"名师"。第六阶段，教师的"成家"阶段，指教学的第12年以后，通俗地说就是在三尺讲台上"大放异彩"。在成名教师当中，有些教师不满足于在学科教学方面已有的建树，继续走教科研之路，并把研究的触角伸到教书育人的各个方面。在理论上，他们对教育有深刻的理解和感悟；在实践上，他们在做好"经师"的同时，更注重做好"人师"，形成自成一体的教学流派。同时，一些教师在对教育有深厚的积淀基础上形成自己的教育理念，在教学研究和实践上不断创新，能高屋建瓴地审视教育教学问题，最终成为教育"名家"。①这一研究也许并不适用于每一位教师，但它形象地揭示了大多数教师职业发展阶段的特征。

不同的教师专业发展阶段理论和研究从不同的角度揭示了教师专业发展的阶段性特点，要求教师教育工作者和学校领导要给处于不同专业发展阶段的教师提供不同的支持和指导。这些理论和研究为增强培训内容的针对性提供了指导，也为学校校本教师培训计划的制定提供了依据。总之，要加强培训内容的针对性，就必须考虑到受训教师的不同专业发展需要。

（二）培训师资队伍建设

施训教师也是培训活动的要素之一。培训活动总是在培训教师的主导或组织下完成的，对于有经验的、优秀的培训者来说，他们往往能够根据现场教师的需要对预设的培训内容做出适当的调整，从而激发学员学习的积极性，满足受训者的需要；他们也能够通过深入浅出的、理论联系实际的方式来讲授和操练培训内容；他们往往能够面向受训者的实践和操作来实施培训，也就是说，培训者不是单纯地讲是什么、为什么和怎么办等问题，他们能够通过操作和示范向受训者展示培训内容。比如，在进行"小组合作学习"培训时，如果受训者的规模适中，有经验的培训者会通过现场的小组合作来讲授"小组合作学习"，从其中存在的问题切入，引导学员共同探讨可能的解决问题的办法，然后再逐步分析为什么要采用小组合作学习的方式等。然而，在实际的培训中，由于各种原因，具有上述素养的培训者数量不多，急需增加。大多数培训者中，要么有理论少实践、或有实践少理论；要么有形式没实质，或有实质没形式……问题不一而足。当然，可喜的是，现在有越来越多

---

① 林炳伟，谈中学教师生涯发展[J]．教育科学研究．2000，(12)：21～22．

的高校专家和其他研究机构的教育工作者深入到中小学，和中小学结成伙伴关系，与学校管理者和教师一起共同探索解决实际问题的方法。这些专家、学者以及中小学的资深教师有望成为优秀的教师培训者。

（三）培训方式的有效性

培训方式指的是培训教师实施培训的方式和受训教师习得知识、技能、情感、态度和价值观的方式的统一。培训方式应该根据培训内容的特点、在职教师的学习和工作的特点等来选择，从而使受训者真正有所收获，培训收到实效。

某一培训内容适合什么样的培训方式？在职教师的学习和工作具有什么特点？这些问题引起了我们的思考，弄清这些问题有助于把握有效的教师培训方式。针对这些问题，我们参阅了相关的理论和研究。

一种观点引起了我们的极大兴趣，它把教师的教学知识划分为显性知识和隐性知识两种。显性知识指的是那些系统、确凿、清晰、可言明的知识，如教学法的原则、教师的学科专业知识等。隐性知识指的是那些零散的、只可意会不可言传的知识，如教学技巧、教学机智、教学艺术等。关于这两类知识的比重及存在方式，知识在线公司的首席执行官荣·扬（Yang, R.）作了比喻性的说明："显性知识可以说只是'冰山的一角'。而隐性知识则是隐藏在冰山底部的大部分。隐性知识是智力资本，是给大树提供营养的树根，显性知识不过是树上的果实。"[1]

隐性知识的重要特点是：（1）个体性，即这种知识存在于某一个体身上，并非公共知识。（2）直觉性，即这种知识需要学习者通过个人的身心介入才可获得，是一种需要置身于一定的情境中才能体验、领会到的知识。学习者无法详细分析其获得的过程，往往处于"知其然，而不知其所以然"的状态。（3）即时性，这种知识产生于认知者正在进行的认知活动之中，是一种动态的存在。（4）非系统性，即这种知识通常是粗糙、零碎和不明确的，它往往片面地认定实践活动某一方面的意义，忽略了对指导自身实践活动的系统完整的认识。（5）情境性，即这种知识的获得是与特定问题或任务情境联系在一起的，是个人在特定的实践活动中形成的某种思想或行为倾向。（6）实践性，即这种知识随着认知主体工作经历的增加而增加。也就是说，在工作岗位上任职时间比较长的员工比任职时间比较短的员工拥有更多的隐性知识。[2]

与隐性知识相比，显性知识则具有如下特点：（1）系统性，即这种知识是规范的、系统的，是对实践活动的系统完整的认识。（2）科学性，即这种知识背后已经获得了坚实的科学和实证基础。自然科学中的大量格式化的知识都通过实验获得，或者通过实验来验证。在社会科学中历史经验、比较分析和统计数据，为显性知识的构建提供了依据和证明。（3）稳定性，即这种知识稳定、明确，而隐性知识

---

① 张民选，专业知识显性化与教师专业发展[J]. 教育研究. 2002,（2）:14.
② 洪明，教师教育的理论与实践[M]. 福州:福建教育出版社. 2002,106～108.

难以捉摸。通常显性的知识只要获得相同的条件和环境,由某一知识所代表和体现的事实、情景、规律甚至问题就会显现出来。(4)明确性,即这种知识通常已经经过编码或者格式化,因此可以用公式、定理、规律、原则、制度、法规、软件编制程序和说明书等方式来表述。(5)可理解性,即这种知识的运用者对所用知识有明确的本质认识,隐性知识的运用者对所用知识的内涵可能认识不清,甚至只是知道模仿会产生同样的预期结果。譬如,人们常说"熟读唐诗三百首,不会作诗也能吟"。这里,可能不是所有人都能够讲清楚"熟读"与"作诗"的学习心理学的关系,但是人们已经在大量的实践中获得了"熟能生巧"的经验。(6)可传递性,即这种知识由于已经用特定的方式表现其稳定、明确的内涵,并且可以反复验证,所以容易储存、容易传递传授、容易被人们理解、也容易被人们分享。而隐性知识由于不稳定、难捉摸、背后的道理不明确、常常表现为个人的诀窍和特技,因此不容易储存、不容易传递传授,也不容易掌握和分享。因此,在艺术界、医学界和教育界,我们经常要采取"抢救措施",把名演员的表演作品、名医的手术过程及医案和名教师的教学过程和经验,拍摄或记录下来,让后来者琢磨、模仿、体悟、学习和研究,以防止失传。优秀教师退休时学校经常发生的"恐慌",实际上也与老教师的隐性知识难以传递给年轻一代有关。[①]

　　隐性知识与显性知识的特点使我们认识到,教师的教学正是一个蕴含着大量隐性知识的领域。我们常说的"教学有法,教无定法"恰好说明了隐性知识与显性知识的共同存在。只是,我们较多关注教师的显性知识,而对隐性知识关注不够。为了给教师传授和补充大量确凿的显性知识,我们多采用报告、讲座和集体授课的方法,这些方式的确在一定程度上也促进了教师的专业发展,但我们同时也感到,仅仅进行显性知识的传授,并不能使教师成为真正的专家教师。真正的专家教师都是那些在长期实践中"生长"出大量隐性知识的教师。这些隐性知识是无法直接传递给教师的,而这些知识对教师的教学来说恰恰是最重要的。要使教师具有这些隐性知识,一是要指导教师在教学中实践、在实践中反思、在反思中提高,二是要促使这些隐性知识显性化,以便让更多的教师习得这些宝贵的知识。在这一思路的指导下,行动研究、反思性教学、案例教学、校本培训等教师专业发展策略纷纷出炉。

　　一些学者和机构对这些策略进行了深入的探索和尝试,如以上海师范大学张民选教授为代表的学者和教师们,在进行深入的理论研究和长期的实践探索下,提出了一些隐性知识显性化的有效策略。如建立"习得性、发现性和交流性学习三位一体的教师专业发展模式"等。[②]"习得性学习"就是学习新理论、新方法和新技术,这些都是显性知识。"交流性学习"就是根据隐性知识的特点,教师们"交流经

　　① 张民选,专业知识显性化与教师专业发展[J].教育研究.2002,(2):15～16.
　　② 岳龙,黄德平,隐性知识显性化——中小学校长培训新模式的探索与反思[J].全球教育展望,2003,(8):48.

验、分享成果、启迪借鉴"。"发现性学习"也是根据隐性知识的特点，要求"教师不仅要研究课程、学生，而且要研究自己"。研究者通过试验所总结出的有效的策略和方法有："课后小结与札记"（设计有专门的格式化的记录册供教师使用）、"教师专业生活史研究"（通过教师对自己专业成长的回顾，发现教师自身的人格和认知特性、知识结构、对个人成长的决定性影响、形成个人专业成长的转折点和关键、个人常用的教学方法、教学成功案例和教学诀窍）、"教育个案集体探讨"、"校本课程开发"和"教师行动研究"等。

通过上述学习和思考，我们深刻认识到，必须走出传统的单一教师培训方式的桎梏，尝试和采用多种培训方式，如专题研讨、案例培训、教学反思、行动研究、师徒带教等。

（四）培训后续跟进活动

从当前校内外举办的各种培训活动来看，培训的后续跟进活动还有待加强。培训的后续跟进活动，简单地说就是，一次培训活动暂时告一段落时，要有效果评价和反馈，尤其注重培训对改进学员实际教学的成效，对取得成绩的地方加以巩固和发扬，对培训工作中存在的不足加以改进和完善，只有这样，才能使培训工作不断迈上新台阶。然而，不容忽视的事实是，大量一次性的、缺乏后续跟进的培训活动仍然存在，这种培训活动的组织者和实施者都事先假设，学员会把在培训中学到的新理论、新技能自觉应用到实际工作中。然而，事实并非如此。虽然有少数学员尝试把学到的新知识用来改进自己的实践，但由于缺乏专家的指导或学校的支持，致使效果往往不甚理想，大多数教师则处于一种"培训时心潮澎湃，培训后我行我素"的状态。为了使培训取得实效，就要注重培训在改进学员实际工作中的成效，注重对学员培训结束改进自己本职工作的指导。因此，要想提高培训效果，培训部门还必须对培训的后续活动做恰当的、科学的规划和指导。

（五）学员参与培训的积极性

学员参与培训的态度也是影响培训效果的一个重要因素。学员参与培训的积极性、主动性高，培训的效果相应就好，学员如果缺乏参与培训的热情，抱着培训外的目的来参加培训的话，培训效果就很有限。从总体上看，教师参加培训的积极性还不够，一些人参加培训不是出于"我要学习、我要提升专业水平"的愿望，而是在不参加一定学分的培训就没有晋级资格等规定的要求下被动参加的。造成教师缺乏参与培训积极性的原因是多方面的。一方面可能与长期以来存在的培训内容缺乏针对性、培训方式不适当，导致培训效果不佳有关。这种情况的长期存在致使某些教师形成这样一种思维定势，即培训只是走过场，与解决实际问题、提高实际教学能力无关，因而，他们也就逐渐失去了参与培训的兴趣。另一方面可能是因为教师工作压力和生活压力过大，致使他们往往带着疲惫、烦躁的心情来参加安排在休息日和节假日的培训。此外，培训费用等问题也是教师参与培训的积极性不高，影响培训效果的原因之一。

上述是学校通过理论学习和实践总结所得出的教师培训中应该关注和解决的问题。这些方面也成为学校探索个别化教师专业发展策略的指南,对我们相关的策略选择和实践行动产生影响。

三、优化教师专业发展工作的思考

通过理论学习、实践总结、互相交流以及上海师范大学有关专家的指导,学校认识到,有效的教师专业发展工作必然是基于教师自身专业发展的需要、适合教师工作和教师自身特点的、有针对性的、充分的支持和指导的活动。之所以要基于每个教师自身的专业发展需要,是因为每个教师所处的专业发展阶段有别,所任教的学科有别,以及自身的知识、技能基础有别,这些差异决定了教师的专业发展需要各不相同。之所以要适合教师工作的特点,是因为教师工作中蕴涵了大量的隐性知识,这些隐性知识对教学工作的成败起着关键的作用,积累和习得隐性知识的过程要求教师专业发展工作必须基于教师自身的工作实践,鼓励教师勤研究、勤反思、勤合作、勤总结等。之所以要适合教师自身的特点是因为每个教师的个性特点不同,因而对教师专业发展的方式和学校管理方式有不同的要求。这些要求规定了学校若要促进每个教师的专业发展,必须对他们提供针对性的支持。

当然学校并不否认划一的教师培训的作用,我们认为这种培训仍有其适用的地方,比如当需要全校教师了解某一新政策、新知识、新技能时,可以采取报告、讲座等形式让全体教师接受培训;当需要全体教师需要具备某种规范或行为的时候,我们会通过加强学校的规章制度建设等方式来约束教师的行为。但在大多数情况下,我们需要教师本人也需要提高解决实际教学问题的能力,然而实际中的教学问题是多种多样的,而且每个教师擅长的解决问题的方式也不一样,这就要求学校和有关机构必须以一种针对性的或个别化的方式指导他们提高自己的专业技能。学校把这种有针对性的促进教师专业发展的思路和策略称为"个别化教师专业发展"。

第二章 个别化教师专业发展的理论建构

20世纪60年代国际社会重新提起教师专业发展,80年代在美国则掀起一场势力强大的改革运动,至今它已成为国际教师教育改革的主要思潮。我们在考察了教师专业发展的内涵和教师专业发展的国际趋势后,结合自身的理论学习和实践探索,提出了"个别化的教师专业发展"的概念,并探索了其与规格化的教师专业发展之间的关系。

一、教师专业发展的内涵

当前学术界对"教师专业发展"这一术语并没有统一的界定。部分学者把教师专业发展理解为是教师个体的、内在的专业素质提高的过程。如"教师专业发展是教师通过接受专业训练和自身主动学习,逐步成为一名专家型和学者型教师,不断提升自己专业水平的持续发展过程。"[①]部分学者则把教师专业发展理解为促进教师专业成长的过程,即教师教育,包括教师的职前培养、在职培训等。这类学者虽然没有对教师专业发展的涵义作出具体界定,但从他们对这一术语的运用中可以明显看出他们对教师专业发展的理解。还有一部分学者把教师专业发展理解为教师教育的发展和教师个体由非专业人员成长为专业人员的过程。如"教师专业发展的概念,从构词方式的角度有两种理解,第一,'教师专业'的发展,意指教师职业与教师教育形态的历史演变;第二,教师的'专业发展',意指教师由非专业人员成为专业人员的过程。从目前国内外对教师专业发展的定义来看,正体现着两种思路和视角:一是侧重于外在的、关涉制度和体系的、旨在推进教师成长与职业成熟的教育与培训发展研究;二是侧重理论的、立足教师内在专业素质结构及职业专门化规范的养成和完善的研究。"[②]

在比较、分析了多种关于教师专业发展的界定后,我们认为,教师专业发展就是以教师专业自觉意识为动力,以教师教育为主要辅助途径,教师的专业知能和信念系统不断完善、提升的动态发展过程。完善和提升教师的专业知能和信念系统是教师专业发展的目的,教师教育是促进教师专业发展的途径,教师内在的自觉发

---

① 张素玲.教师专业发展的特点与策略[J].辽宁教育研究.2003,(8):81.
② 刘万海.教师专业发展:内涵、问题与趋向[J].教育探索.2003,(12):103.

展意识则是教师专业发展必不可少的条件。学校把促进教师专业发展的研究重点放在诱发教师内在的自觉发展意识和促进他们专业发展的策略上,也就是说,我们所言的"个别化教师专业发展模式"主要指基于教师个体或集体自身特点,有针对性地促进其专业发展的思路和策略。在该模式中,教师的自主发展意识和自主发展策略都成为学校个别化教师专业发展模式追求的目标和研究的对象。因此,个别化的教师专业发展模式是指导和协助教师走向自主的、有计划和有效的专业素质提升的途径,其本身并不是目的。

二、教师专业发展的国际趋势

　　学校所提出的个别化教师专业发展模式,也顺应当前教师专业发展的国际趋势。我们知道,随着社会经济和基础教育的发展,教师教育的政策和实践也在发生新的变化。1966 年,国际劳工组织、联合国教科文组织联合建议——教师职业是一种"专业",第一次从专业角度论及了教师的职业性质,并由此引发了世界范围内对教师专业发展问题的讨论。回顾世界范围内教师专业发展的历程,教师专业发展经历了由被忽视到逐渐被关注、由关注教师群体的专业发展到关注教师个体的专业发展、由关注专业发展的"外部"环境和对社会专业地位的认可转到关注"内部"专业素质的提高。

　　在 20 世纪 60 年代,世界各国均面临着教师极为短缺的情况,所以如何采取应急的教师培养措施成为当时的政策和研究焦点。这一时期,由于各国忙于应付教师"量"的需求,对于教师"质"的问题则有所忽略。20 世纪 60 年代中期以后,师范教育面临巨大的社会压力。当时的婴儿出生率急剧下降、公共开支削减、学校教育的质量受到公众声讨等,在这一形势下,提高教师的质量变得极为迫切。结果,在这一时期,将教师专业教育的范围由职前培养拓展至整个职业生涯的思想得到了强化。20 世纪 80 年代以来,教师专业发展日趋成为关注的焦点。就美国而言,尤为值得一提的是,霍姆斯小组(Holmes Group)分别在 1986 年、1990 年和 1995 年发表报告——《明日之教师》、《明日之学校》和《明日之教育学院》,这些报告为促使教师获得最大程度的专业发展提出了重要的意见和建议。其他国家也纷纷开始完善自己的教师教育制度:如加强教师教育机构资质的认证,延长教师职前培养的年限,颁布新的教师教育课程标准,改革教师的录用制度,加强在职教师的培训,力求通过制订严格的专业规范制度来提高教师的专业性等。此外,不少国家还通过谋求社会对教师专业地位的认可来提高教师职业的专业性。上述制度在群体教师专业性的提高上是有助益的,然而无法保证每一位教师的专业知识、能力和道德修养的改进和提高,这就向我们提出了教师个体的专业化问题。

　　早期所采用的教师个体专业化的策略,主要表现为教师被动的专业化。从教师自身来看,教学工作往往被作为而且仅作为谋生的手段,在整个职业生涯中也只把个人职业阶梯的上升作为工作的主要动力。教师为了被社会认同,只得被动地实现外界所订立的专业标准,执行所规定的要求。教师本人在专业化的过程中谈不上有什么地位和作用,因而教师专业发展的质量也就大打折扣。随着教师的地位和作用被"重新发现",如在教师与课程的关系上,教师不再仅仅被看作是"课程实施者",也被看作是"课程开发的研究者和参与者"等;教师在个体的专业发展中表现出主动参与、注重个人教学实践的反思、重视行动研究等特点,由此,个体被动的专业发展向个体主动的专业发展转变。为了鼓励和支持教师个体主动的专业发展,我们提出了"个别化教师专业发展模式"。

三、个别化教师专业发展的涵义

"个别"一词在汉语中至少具有两层含义,第一指单个,第二指少数。该词往往用来描述事物或现象的数量。

在教育领域中,我们最为熟悉的与个别化有关的概念是"个别化教育"或"个别化教学"。然而,我们在查阅了大量的文献后发现,人们对这些术语的界定并不一致。作为一种教育或教学组织形式,与这两个概念相对应的是"集体教育"或"集体教学"。"集体教育"或"集体教学"潜在地假设学习者都是同一的人,因而教师应使用同样的教学材料,采用同样的教学方法,按照同样的步调对所有学习者进行同样的教育。而"个别化教育"或"个别化教学"则不同,它们均承认,学习者在知识、能力、态度等方面存在差异,教育或教学只有考虑到这些差异并且对这些差异做出适当的反应,才能更好地促进学习者的发展。然而,在如何对学习者的差异做出适当的反应上,研究者的观点不一,以下三种观点较具代表性:[①]第一种观点称之为调适观。它假设学习者在学习起点上、在一般能力和各种特殊才能上均有很大差异,个别化教育或教学就是要适应这种差异,依据学习者的能力倾向,施以相应的教学。持这种观点的教育者提倡采用能力分班、掌握学习、分流教学等调适性措施,减少同一班级内学习者间的差异程度。第二种观点称之为发展观。它假设学习者间的差异起源于不同的学习方法和个性特征,个别化教育或教学的实质不是要减少甚至消除学习者间的差异,而是要注意并发展学习者的个性。为此,个别化教育或教学必须为不同的学习者"设计个别的教材,个别诊断学习者的学习能力,评定个别的成绩",使学习者在"自我比较"中完成有差异的发展。持这种观点的教育者更多地运用异步学习等教学策略,满足各学习者的需要。第三种观点介于上述两种观点之间,称之为调适——发展观。它强调所有的学习者都应该在自己的基础上获得最大限度的发展。但是,考虑到班级教学的实际情况,研究者还是主张把同一班级的学习者依据一定的标准(通常是学生的学业成绩、能力倾向)划分为不同的层次,施予不同的教学。目前在我国

---

① 丁笑炳,我国个别化教学研究述要[J].中小学管理.1998,(7~8):45.

教育实践领域,多数教育理论者和实践者持第三种观点,并依此展开了大量"分层递进教学"实验。

在考察了"个别化教育"或"个别化教学"的涵义后,我们提出,"个别化教师专业发展"概念。个别化教师专业发展就是根据教师不同的专业发展需求和个性差异而采取的有针对性的教师专业发展促进策略。"针对性"是个别化的教师专业发展的突出特点。具体说来,我们所提出的个别化教师专业发展包括"类"和"个"两个层面的个别化促进策略。"类"的层面的个别化促进策略包括与教师的职业生涯阶段特点相应的个别化促进策略以及与学科教研组的特点相应的个别化促进策略;"个"的层面的个别化促进策略指的是与教师个性特点相应的个别化促进策略。

四、对规格化教师专业发展的诠释

(一) 规格化教师专业发展的涵义

规格化的教师专业发展模式指的是那些面向全体教师或某一范围内所有教师的、无差别的职业发展制度和教师教育策略。例如,在职业发展制度方面,我国规定应届中师毕业生必须在小学见习一年期满,且经考核,表明能掌握所教学科的教材、教法,完成所承担的教育教学工作时,方能获得小学二级教师职务;担任小学二级教师职务满三年或应届专科毕业生一年见习期满,且考核合格后,方可获得小学一级教师职务;小学一级教师任教五年以上或应届本科毕业生见习一年期满且相关考核合格,方可获得小学高级教师职务。当然,我国的教师职业发展制度还有很多,这些制度面向所有教师,影响着教师的专业发展。在教师教育策略方面,这些策略的共同点是不考虑教师间专业需求、能力和性格等的差异,采用相同的、没有区别的措施,提供相同的培训内容、采用同样的培训方式、要求完成同样的培训任务等。这种培训曾在很长一段时期内普遍存在于我国的中小学校以及各教师教育机构中。随着教师教育理论和实践的发展,我们逐渐认识到了这种培训的局限性,即无视教师的个别差异,培训缺乏针对性和实效性。当然这并不是说这种培训就没有存在的必要,在需要全校教师了解某种新政策、新知识、新技能的时候,在需要全校教师必须达到某种规范或基本要求的时候,可以采用这种较为划一的培训模式。

(二) 个别化与规格化教师专业发展的关系

个别化的教师专业发展模式与规格化的教师专业发展模式明显不同。前者是一种考虑到教师群体或个体间的差异而采取的有针对性的教师专业发展策略,后者则是一种忽视教师个别差异的教师专业发展促进策略。由此可见,两者的主要差异表现在对共性需要和个别需要的处理方式上。个别化教师专业发展模式充分考虑到了教师的个别需要,但对教师的共性需要考虑不够;规格化的教师专业发展模式充分考虑到了教师的共性需要,对教师的个别需要考虑不够。我们知道,一所学校的健康发展,必须同时考虑到社会的需要、学校发展的需要和教师的个别需要,只有把三者很好地结合起来,才能取得平衡和健康的发展。所以,理想的做法是,应该把个别化教师专业发展和规格化教师专业发展结合起来。

第三章　个别化教师专业
发展的实践依据

教师专业发展阶段理论和教师个体差异理论是支撑个别化的教师专业发展模式的主要理论基础。学校教师的专业发展需求如何？是否同样表现出专业发展阶段理论所揭示的阶段特征？不同的教师间是否存在着专业发展需求的差异？这些问题引起我们的兴趣和关注,促使我们对全校教师的专业发展需求展开了深入的调查。我们认识到,教师专业发展需求是制定教师专业发展规划和培训方案的重要基础,对教师专业发展需求的正确把握是培训取得成功的关键因素。在确定学校教师的专业发展需求时,我们首先通过观察法、问卷调查法和访谈法等了解教师个人的专业发展需求,然后在此基础上结合学校的发展目标和需要,确定学校教师专业发展的内容、途径与方法。

一、教师专业发展需求的调查

我们主要通过问卷调查法来了解学校教师的专业发展需求,其中辅以访谈法和观察法。我们编制的问卷除涉及教师的基本信息外,还涉及到教师总体的专业发展水平、教师教育教学知识的状况、教师教育教学基本技能的状况、教师教育科研能力的状况、教学态度的状况、教师继续教育的状况、教师专业化的程度和促进教师专业化的途径和方法等。调查这些内容旨在了解学校教师专业发展的现状,为改进学校的教师专业发展寻求实证证据和可行性建议。问卷由选择题和问答题构成,其中选择题61道,问答题9道。关于调查问卷的内容构成如表3.1所示,调查问卷的具体内容见附录一。

表3.1　调查问卷的构成内容

类　目		题　项	合　计
教师总体的"关注水平"	自我关注	3、7、9、13、15	5
	任务关注	1、2、5、10、14、16	6
	学生关注	4、6、8、11、12	5
教师专业知识状况	任教学科知识	17、18、19、20、21、24	6
	其他专业知识	22、23、25、26	4

（续表）

类　目		题　项	合　计
教师教育 教学基本 技能状况	表达能力	28	1
	组织能力	29	1
	思想政治教育能力	30	1
	多媒体运用能力	34、35	2
	总体教学技能	27、32、33	3
教师教育科研能力		36、37	2
教学态度		38、39、40、41	4
教师 继续 教育 状况	对待继续教育的态度	42	1
	一般的内容需求	43	1
	参加继续教育的目的	44	1
	对具体内容的需求程度	46、47、48、49、50	5
	对继续教育方式的意见	51、52	2
	参加继续教育的问题	45	1
教师专业化的程度		53、54、55、56、57、59、 60、61、问题10	9
影响教师专业发展的因素和促进教师专业发展的途径		58、问题1、2、3、4、5、6、 7、8、9、11	11

　　为了了解教师总体的"关注水平"或专业发展水平，我们主要依据富勒等人提出的关于教师专业发展阶段的"关注"理论，并参照其编制的"教师关注问卷（teacher concerns questionnaire）"，[①]设计了第1～16道选择题。富勒等人提出的教师专业发展阶段关注理论指出：教师在任教前仅关注自己；在实习教师阶段，主要关注自我胜任能力以及作为一名教师如何"生存"下来，关注对课堂的控制，关注自己是否被学生喜欢和他人对自己教学的评价；第三阶段教师主要关心在目前教学情境及教学方法和材料等的限制下，如何正常地完成教学任务，以及如何掌握相应的教学技能；第四阶段的教师开始把学生作为关注的核心，关注他们的学习、社会和情感需要以及如何通过教学提高他们的成绩和表现。根据教师专业发展阶段的关注理论，依照每一位教师关注点的不同，可以大致判断其所处的发展阶段和水平。参照富勒等人的"教师关注问卷"，我们在设计问卷时也分别安排了三类"关

---

　　① Fuller, F. & Bown, O. Becoming a teacher. In K. Ryan（Ed.）, Teacher education（The 74th yearbook of the study of education）. Chicago, IL: University of Chicago Press, 1975.

注"问题,即自我关注、任务关注和学生关注。其中,有关"自我关注"的题项是3、7、9、13和15题;有关"任务关注"的题项是1、2、5、10、14和16题;有关"学生关注"的题项是4、6、8、11和12题。

第17~61道选择题以及9道问答题旨在了解教师具体的专业发展现状、具体的专业发展需求以及促进教师专业发展的有效途径。为了使了解更加全面、细致,我们从教师专业知识的状况、教育教学基本技能的状况、教育科研能力的状况、教学态度的状况、继续教育的状况、专业化的程度等六个方面对教师专业发展的现状做了调查,这些调查结果可以使教师本人和学校领导者更加清楚地意识到教师的知识、技能、态度、自我生涯设计能力与专业教师的差距,从而可以有针对性地安排培训内容和选择适当的培训方式。9道问答题从多个角度调查了影响教师专业发展的因素和有助于教师专业发展的途径。

为了更加准确了解教师的专业发展现状和需求,在进行问卷调查的过程中以及对问卷调查的结果进行初步统计后,针对一些重要的但没有涉及到的问题以及那些没有得到明确信息的问题,我们又对教师进行了个别访谈,并结合教师的自我陈述来收集相关信息。

二、教师专业发展需求结果分析

我们认为,教师的专业发展是一个终身的过程,在教师发展的不同阶段,其专业发展需求各不相同。为了了解处于不同发展阶段的教师的专业发展需求,我们按照教龄的长短把教师划分为三组:第一组为1~4年教龄段的教师,我们称之为初任教师;第二组为5~10年教龄段的教师,我们称之为有经验教师;第三组为10年以上教龄段的教师,我们称之为成熟教师。我们分别对三个阶段教师的专业发展需求情况进行了统计,结果如下。

(一) 初任教师专业发展需求分析

1. 基本情况

(1) 教龄结构

参加此次问卷调查的教师共计18名,他们绝大多数是从上海师范大学毕业后直接到学校任教的年轻教师(其中男教师4人,女教师14人,年龄均在20~25岁之间)。这些教师没有在其他学校工作的经历和经验,也没有从事其他工作的经历和经验(他们的工龄、教龄、校龄相似)。他们的教龄结构如表3.2和图3.1所示。这里需要说明的是,由于每位教师对教龄计算的精确程度不同,出现了填写0.5年和1.5年的情况,在统计过程中,我们一律将其折合为整数教龄。如对于0.5年和1.5年的教龄,我们分别折算为1和2年。另外,由于学校教龄为3年的教师空缺,所以在问卷发放的过程中又将调查范围拓展到了教龄为4年的教师。也就是说,这里的初任教师实际上指的是1~4年教龄的教师。

表 3.2　初任教师的教龄分布

教龄(年)	人数	百分比	有效百分比	累计百分比
1	4	22.2	22.2	22.2
2	7	38.9	38.9	61.1
3	7	38.9	38.9	100.0
合　计	18	100.0	100.0	

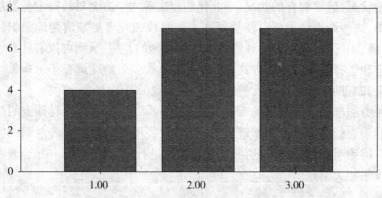

图 3.1　初任教师的教龄分布

从表 3.2 和图 3.1 可以看出,教龄为 1 年、2 年、3 年教师的比例大致为 2∶4∶4,其中以教龄为 2、3 年的教师居多。

（2）任教学科结构

从表 3.3 和图 3.2 中可以看出,除一位教师没有填写外,初任教师的任教学科种类比较繁杂,科目种类达 10 门之多,这从一个侧面反映出初任教师在学校中有着不可忽视的地位。

表 3.3　初任教师任教学科结构

学　　科	人数	百分比	有效百分比	累积百分比
语文	4	22.2	23.5	23.5
数学	1	5.6	5.9	29.4
英语	6	33.3	35.3	64.7
音乐	1	5.6	5.9	70.6
英语、美术(双语)	1	5.6	5.9	76.5
语文、计算机	1	5.6	5.9	82.4
自然常识、生活与劳动	1	5.6	5.9	88.2
信息科技、体育助教	1	5.6	5.9	94.1
英语、劳动(双语)	1	5.6	5.9	100.0
合计	17	94.4	100.0	
漏填	1	5.6		
合计	18	100.0		

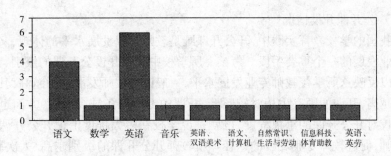

图3.2 初任教师任教学科结构

从表3.3和图3.2中可以看出,大部分教师(64.7%)担任的是语文、数学、外语3门主科中的一门主科;另外有35.3%的教师同时担任两门甚至三门课程。

（3）职称结构

18位初任教师中,1位教师没有填写自己的职称,4位刚入校的教师职称待定,其他绝大多数的教师都已经具有小教二级或小教一级职称,如表3.4和图3.3所示。这反映出学校的新任教师队伍是一个积极进取、进步迅速的团体。可见,教师入职后的前3年是他们专业成长最快的时期之一,因此,也是促进他们发展的关键期。

表3.4 初任教师的职称结构

职 称	人 数	百分比	有效百分比	累计百分比
待定	4	22.2	23.5	23.5
小教一级	7	38.9	41.2	64.7
小教二级	5	27.8	29.4	94.1
小教三级	1	5.6	5.9	100.0
合计	17	94.4	100.0	
漏填	1	5.6		
合计	18	100.0		

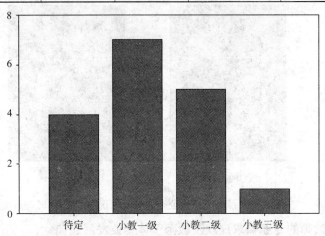

图3.3 初任教师的职称结构

（4）公开课开设情况

在我国的学校教育实践中，开公开课既是教师专业发展水平的体现，又是促进教师专业发展的一个重要手段。考察一所学校中教师开设公开课的级别、频率，一方面可以反映这所学校教师专业发展水平，一般说来教师发展水平越高，其开课的级别也越高，开课的频率也相对较频繁，开课的专门准备越少；另一方面也可以反映出学校对开公开课的重视程度，也就是说学校在多大程度上把开公开课看作是培养教师、促进教师专业发展的途径。新教师开公开课的级别越高、人次越多，表明学校越重视公开课对教师的培养功能。

从表3.5和图3.4中的数据来看，除2名教师没有填写外，所有初任教师均开设过公开课，开公开课的有效百分比达到100%。在开课的级别上，由于这一教龄段的教师还未参加过国家级或市级的公开课，因此我们只是调查了他们区级和校级公开课的开设情况，从调查结果来看，校级和区级层次的公开课各占一半。由此我们可以推断，这些青年教师已具备了一定的实力，学校对公开课的培养功能也十分重视。

表3.5　公开课开设情况

公开课级别	人数	百分比	有效百分比	累计百分比
校级公开课	8	44.4	50.0	50.0
区级公开课	8	44.4	50.0	100.0
合计	16	88.9	100.0	
漏填	2	11.1		
合计	18	100.0		

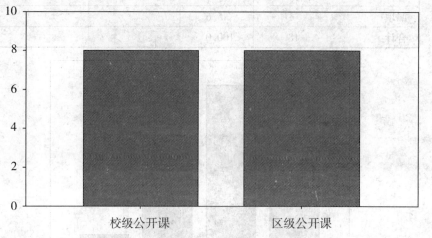

图3.4　公开课开设情况

2. 初任教师的专业需求现状及教师个体专业发展趋向

（1）初任教师总体专业发展水平概览（"关注"发展阶段）

我们基于富勒等人提出的关于教师专业发展阶段的"关注"理论以及他们所编制的"教师关注问卷",在问卷中也设计了第1~16道选择题,考察初任教师总体的专业发展水平。问卷回收后,我们对初任教师的回答结果做了汇总统计,统计结果如表3.6所示。

表3.6 教师专业发展总体水平

关注类型	题项	很少或无关注（人次）	有些关注（人次）	中等关注（人次）	很关注（人次）
自我关注	3	4	7	4	3
	7	0	2	5	11
	9	0	2	7	9
	13	0	0	5	13
	15	0	2	5	11
	合计	4	13	26	47
	%	4.44		95.56	
任务关注	1	0	2	2	14
	2	0	1	6	11
	5	2	4	11	1
	10	2	7	7	2
	14	0	1	7	10
	16	0	1	11	6
	合计	4	16	44	44
	%	3.70		96.30	
学生关注	4	0	0	8	10
	6	0	0	4	14
	8	0	1	3	14
	11	0	1	4	13
	12	0	0	10	8
	合计	0	2	29	59
	%	0.00		100.00	

从表3.6可以看出,教师的专业发展表现出对"自我"、"任务"和"学生"同时关注的明显特征,三种关注类型的累积关注程度均在95%以上。在关注程度上,从低到高依次为自我关注、任务关注和学生关注,但它们之间的差值不足5%。值得注意的是,没有一位教师对学生不予关注。这表明教师在观念上已经相当重视学生,把对学生的关注作为关注的高层次目标。从这一意义上说,这些初任教师在总体上已经达到了较为理想的专业发展水平。

不过,按照富勒等人提出的关于教师专业发展"关注"的设想,教师专业发展是按照自我关注、任务关注和学生关注的顺序依次发展的。初任教师同时对这三者予以高度关注,一方面有可能表明富勒的顺序发展理论存在问题,另一种更为可能的原因是初任教师只有短短3年的发展,他们在"自我关注"、"任务关注"方面依然存在许多问题,在这些问题没有得到彻底解决的情况下,初任教师已经匆忙进入"学生关注"阶段。也就是说,尽管初任教师已经意识到学生的成功学习和成长是他们最终应当关注的目标,但他们可能仍然关注对课堂的控制,关注他人对自己教学的评价;还可能把关注学生当作完成任务的手段,而不是直接的目的。从这一意义上说,参加调查的初任教师还有广泛的发展空间。

（2）初任教师的专业发展路线（关注水平如何随着教龄的变化而变化）

如果说上面的分析反映了初任教师专业发展的总体水平,下面关于初任教师专业发展路线的描述则试图从纵向角度描绘这些教师的"关注"焦点是如何随着教龄的增长而变化的。为此,我们分别就1、2、3年三个教龄段的初任教师对三种关注类型所对应题目的回答情况作了统计,其结果参见表3.7、3.8和3.9。由于在问卷设计时为三种关注类型分别分配的题目数量不等,所以难以用"人次"这一频数指标直接来衡量关注程度,而只能用"每题人次"（上述三表中小扩号内的数字）作为衡量指标才较为妥当。

表3.7 新任教师的自我关注水平随教龄而变化的情况

关注类型	教龄	很少或无关注 人次（每题人次）	有些关注 人次（每题人次）	中等关注 人次（每题人次）	很关注 人次（每题人次）
自我关注	1	1(0.05)	2(0.10)	4(0.20)	10(0.50)
			16(0.80)		
	2	2(0.10)	2(0.10)	9(0.45)	14(0.70)
			25(1.25)		
	3	1(0.05)	6(0.30)	6(0.30)	14(0.70)
			26(1.30)		

表3.8 新任教师的任务关注水平随教龄而变化的情况

关注类型	教龄	很少或无关注 人次(每题人次)	有些关注 人次(每题人次)	中等关注 人次(每题人次)	很关注 人次(每题人次)
任务关注	1	0(0.00)	4(0.10)	12(0.29)	8(0.19)
				24(0.58)	
	2	2(0.05)	6(0.14)	18(0.43)	16(0.38)
				40(0.95)	
	3	2(0.05)	6(0.14)	14(0.33)	20(0.48)
				40(0.95)	

表3.9 新任教师的自我关注水平随教龄而变化的情况

关注类型	教龄	很少或无关注 人次(每题人次)	有些关注 人次(每题人次)	中等关注 人次(每题人次)	很关注 人次(每题人次)
学生关注	1	0(0.00)	1(0.03)	5(0.14)	7(0.20)
				13(0.37)	
	2	0(0.00)	1(0.03)	11(0.31)	23(0.66)
				35(0.99)	
	3	0(0.00)	0(0.00)	6(0.17)	29(0.83)
				35(1.00)	

从表3.7、3.8和3.9中可以看出,如果以有些关注、中等关注和很关注三个层次关注的总和作为基本量化指标,那么,这三种关注类型无一例外都是随着教龄的增长其关注水平逐年上升,当然每年上升的幅度大小有所差异,尤以第一年至第二年的幅度最大,由此可知初任教师第一年的教学对其成长的重要性。在这三种关注类型中,教师对自我关注的关注起点层次最高(每题人次0.80),并持续维持在较高水平;而学生关注的关注起点层次最低,但关注层次上升的幅度最为迅速(由每题人次0.37上升到每题人次1.00)。就前者来说,或许意味着初任教师太过关注自我的外在评价,而可能对自身内在素养的提高相对忽视;就后者而言,可能预示着初任教师的良好发展方向。

从初任教师成长过程中关注类型纵向成长,或某一时期优势类型转换的角度看,在初任教师3年的成长中,似乎自我关注的优势类型的地位一直没有发生改变。只是随着教龄的增加,任务关注和学生关注的成分不断增加,而且表现出逐渐偏向于学生关注类型的倾向。如果这一情况属实的话,那么我们调查的这些初任教师尚有进一步提高与发展的空间,尽管他们表现出对学生的广泛关注,但很可能是出于达成"自我关注"为目的,而不是把关注学生作为真正的出发点和直接目的。

（3）初任教师的专业需求情况

为了调查教师的专业需求，我们在问卷中设计了一个问答题，直接问及初任教师在第一年教学后，感到最缺乏的是什么？初任教师的答卷几乎无一例外地写着"经验"、"教育、教学经验"。从部分教师较为详尽的回答中，我们可以看出，他们自认为缺乏的教育、教学经验主要涉及两个领域：一是常规教学领域，主要是维持教学正常进行的最基本的教学技能，如"驾驭课堂的能力"、"怎样把握一堂课"、"如何控制课堂节奏"、"如何维持纪律，使学生因为敬佩而听从而不是服从于严厉的词句"、"处理学生问题的能力"、"如何在课堂上发挥激情及如何灵活运用教学手段"、"教学方法，包括：课堂整体结构、环节处理、规范的课堂用语、设计科学合理的课后练习、辅导学生进行有效的复习、辅导后进生"；二是课程领域（仅涉及个别教师），也只是课程实施中最基本的对教材的理解问题，如"如何把握教材的重点、难点"。可以这样认为，初任教师所关注的主要是一些课堂教学的"自我生存"技能，这是他们在刚刚走向工作岗位时最为迫切的专业发展需求。

这些初任教师是通过何种途径来获得这些专业技能的呢？从他们对"你的校长、同事是如何帮助你第一年教学的？"的回答中可以得知，"师徒带教"是最为主要的途径。现有的校本专业发展的研究结果也表明，"师徒带教"是入职教师专业发展的有效途径，当然其本身也存在一些问题。比如，师徒带教主要是通过长期的"就事论事"式的"评课"、"说课"的方式进行的，师傅将蕴含于具体"事"之中的个人经验传递给初任教师，初任教师再通过感悟的方式予以内化。在这一过程中，师傅自身可能难以将某种隐形存在的"理"明晰地表述出来，这在很大程度上影响了初任教师明确的教育观、师生观的形成，使其专业素养结构中最为核心的教育信念层面的内容显得薄弱，这对初任教师后续的专业发展是不利的。在某种程度上，这也解释了为什么这些教师一直停留在"自我关注"的阶段。

与此相联系，初任教师的另一个较为突出的专业发展需要是，他们急需从关注外在评价为特征的"自我关注"阶段进入到纯粹的"学生关注"阶段，否则他们的专业发展很可能就此终止。这一需求虽然没有在问卷中直接显现出来，但从上面的数据分析中可以明显地看到这一点。如学校的一位教师在问卷中道出了如下苦衷：

"由于缺乏教学经验，所教学生成绩一般，有时会低于年级平均分，经常受到校方关注，自己感到压力很大，虽竭尽全力每天辅导后进生至晚上六点，但收效甚微，百思不得其解。批改的作业本，经常受到校方检查，使我感到非常紧张，唯恐出错，格外谨慎，但总是适得其反。主要精力都放在了辅导后进生与批改作业上，无暇顾及科学的教学方法和先进的教学理念。"

从这段话中可以看出，这位教师为自己所教学生的成绩落在年级后面而苦恼，她对自己的工作虽也是竭尽全力，但主要是出于怕校方批评的原因，而不是出于对学生、对工作的自发的热爱。她也知道学习先进的教学理念、探索科学的教学方法很重要，但由于学校严格的教学检查制度，以及这位教师一心要提高班级成绩以免受到校方批评的想法,使她把精力都放在了辅导后进生和批改作业上。这种情形非这位教师所特有,学校该教龄段的其他一些教师也存在着同样的情形。因此,要促进这一教龄段的教师得到更好的发展,需要让他们从关注外在评价为特征的"自我关注"阶段迅速提高到纯粹的"学生关注"阶段。

初任教师还有一个专业发展需要,就是提高自我生涯设计意识和能力。这一需求教师既没有直接说明,也不是从相关数据中看出的,而是从教师的现实生存状态中推断出来的。从他们回答问题的字里行间可以看出,他们强烈渴望有各种外出进修学习的机会,这是教师有上进心、争取自我专业发展的良好表现,但这些仅仅是出于应对外界形势发展的需要,而不是把自己的进修和发展当作一个整体来设计,他们尚没有意识到某一特定时期的提高和发展仅仅是自己教师职业生涯中的一部分,没有把自己的最佳发展趋向与进修项目、内容结合起来,进而更妥当地安排自己的学习活动,处理好校本学习和校外学习的关系。在这方面学校仍有许多工作要做。

（4）个体专业发展趋向（自我报告的适合发展趋向）

教师个体专业发展趋向指的是教师个体对自己的优势和发展方向的认识。如果教师个体对自己的发展趋向认识明确,就表明这位教师已经认识到了自己的优势、明确了自己的发展目标,这样一来,教师就会有意识地向着目标前进,从而成长为有经验教师。如果教师对自己的发展趋势认识不清,就表明他还不清楚自己的优势、不明确自己的发展方向,这样一来,他的专业发展就会盲目,不利于他的成长。因此,了解教师个体的专业发展趋向可以反映出教师专业发展的水平。因此,我们在问卷中设计了一个选择题——"61. 根据自己的体会和同事的评价,我觉得:_____",要求初任教师在给定的几个选项——"① 我做教师最能发挥我的特长 ② 如果兼任学校管理工作,更能显示我的优势 ③ 擅长做收集整理教学资料、制作教具、设计课件等工作 ④ 更擅长做_____"中作出选择,或者自己填写,以说明自己今后专业发展的趋向。多数人选择了做教师,极少数人选择了教学并兼任管理工作。但仍有一部分人放弃填写,也就是说对自己的优势发展趋向认识仍不清晰,对这部分教师有必要进一步观察、分析。

3. 问题与建议

从问卷的总体情况来看,学校初任教师总体的专业发展水平比较令人满意,但他们所表现出的专业发展需求和专业发展中暴露的一些问题需要引起我们的重视,以便在今后学校的校本专业发展中有所改进,同时,对促进其他发展阶段教师的专业发展也提供一定的借鉴。

学校初任教师在专业发展需求、专业发展水平和校本专业发展设计方面,表现出的问题主要有以下几方面:

（1）初任教师在整体专业发展水平上,尽管"学生关注"的趋势明显,但没有摆脱"自我关注"的优势类型,急须克服过多注重外界评价的倾向,转而以"学生关注"为基本教育教学出发点和归宿点;

（2）初任教师在专业发展中太多注重教育教学基本技能技巧的掌握，太多注重对课堂和学生的控制，而对教育教学理念的更新相对较为忽视，对教师素养结构中出于理念层面的核心内容重视不够，长此以往可能会阻碍教师整个专业生涯的发展；

（3）学校对教师的校本专业发展辅导有待加强，尤其是对教师自我职业生涯设计意识和能力的培养，对教师认识自我发展优势的指导需更有针对性。

从目前初任教师的素质水平来看，学校对初任教师的入职教育是基本成功的。两大成功原因主要是：支持型的学校文化氛围和带教制。约翰逊（Johnson，S. M.）和卡多斯（Kardos，S. M.）曾分析认为，就学校的专业发展文化而言，可分为三种情况：老教师为定向的专业发展文化、新教师为定向的专业发展文化和综合性专业发展文化等。[①] 这些文化中的优秀特征，学校基本已经具备，如：带教制、以在"评课"、"听评课"过程中提高为主要特征的"三八"妇女节展示活动；优质课评比活动；全区开放日活动中的以教研组为单位的"试教"活动、集体备课活动；系列的教育（班主任）、教学（分主题、公开课闪光点、信息发布会）、工作会等等。

但是为了更好地做好校本教师专业发展工作，促进教师的专业发展，针对以上问题，我们认为：

（1）针对新任教师滞留于"自我关注"阶段的现实，分析成因，从管理、制度的角度进行改进，为尽快使他们进入"学生关注"阶段而创造良好的专业发展文化环境。如，改进可能存在的教师评价制度，由"终结性"评价过渡到"发展性"评价。

（2）加强校内初任教师的教育观念辅导，克服仅仅注重基本教育教学技能的倾向；

（3）在校本专业发展辅导中，增加教师自我职业生涯设计内容，使教师对自己的整个职业生涯有一个较为清晰的认识，并在此框架下来安排自己的专业发展。

（二）有经验教师专业发展需求分析

这里的有经验教师主要指学校教龄 5～10 年的教师。我们在对初任教师进行专业需求问卷调查的基础上，对教龄在 5～10 年的教师进行了问卷调查和个别访谈。以此为基础，为他们创设适合各自特点的专业发展环境。

1. 基本情况

（1）教龄结构

学校教龄在 5～10 年的教师共计 10 名。从他们的来源和背景来看，大致存在三种情况：第一，他们中的绝大多数是一直在校工作的教师（其中还有一个特殊的情况是他们中的某些教师由于结婚、生育而暂时离开学校一年左右，而后又回到学校工作。这些教师再回到学校后，存在着专业重新社会化的问题）。第二，从上海

---

① Johnson, Susan Moore & Kardos, Susan M. (2002). Redesigning professional development: keeping new teachers in mind. *Educational Leadership*, Mar2002, Vol. 59 Issue 6, p12.

的其他小学调入学校的教师;第三,从外地小学调入学校的教师。相对于初任教师而言,本教龄段的男教师比例有所下降,由 22% 降至 11%。在 5 ~ 10 年的教龄段内,他们的教龄结构分布较为均匀,具体数据参见表 3.10 和图 3.5。

表 3.10 教师的教龄分布

教龄(年)	人　数	百分比	有效百分比	累积百分比
5	1	11.1	11.1	11.1
7	3	33.3	33.3	44.4
8	2	22.2	22.2	66.7
9	3	33.3	33.3	100.0
合　计	9	100.0	100.0	

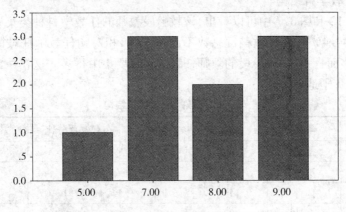

图 3.5 教师的教龄分布

从表 3.10 和图 3.5 中可以看出,他们中 7 年和 9 年教龄的教师较多,平均教龄约为 7.7 年;但他们的本校教龄从总体上看并不很长,而且较为分散,平均约为 5.7 年(参见表 3.11 和图 3.6)。

表 3.11 教师的本校教龄分布

本校教龄(年)	人数	百分比	有效百分比 t	累积百分比
1	1	11.1	11.1	11.1
2	1	11.1	11.1	22.2
3	1	11.1	11.1	33.3
5	1	11.1	11.1	44.4
7	2	22.2	22.2	66.7
8	1	11.1	11.1	77.8
9	2	22.2	22.2	100.0
合　计	9	100.0	100.0	

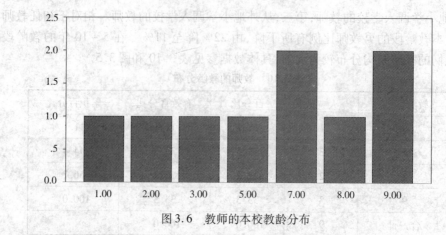

图 3.6　教师的本校教龄分布

（2）任教学科结构

从表 3.12 和图 3.7 中可以看出，该教龄段教师的任教学科种类集中于语文和英语（各占 44.4%），且任教科目总数不超过 3 门，相对初任教师任教的科目种类达 10 门之多而言，这一教龄段的教师任教的科目要集中得多。这在一定程度上反映出他们的骨干地位。

表 3.12　教师任教学科结构

	学科	人数	百分比	有效百分比	累积百分比
有效	语文	4	44.4	44.4	44.4
	英语	4	44.4	44.4	88.9
	体育	1	11.1	11.1	100.0
	合计	9	100.0	100.0	

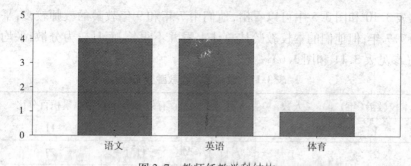

图 3.7　教师任教学科结构

（3）职称结构

在 9 位教师中，已有小教一级职称的教师占到 77.8%，有 2 位教师已经达到了小教高级职称（参见表 3.13 和图 3.8）。这反映出这一教龄段的教师在专业发展道路上趋于达到高原和顶峰阶段。她们的职称集中于两种，而不像初任阶段教师的职称有 4 种情况之多，这从一个侧面反映出教师之间经过数年不同形式的发展之后，其专业差距已经缩小。

表 3.13　教师的职称结构

	职称	人数	百分比	有效百分比	累积百分比
有效	小教一级	7	77.8	77.8	77.8
	小教高级	2	22.2	22.2	100.0
	合计	9	100.0	100.0	

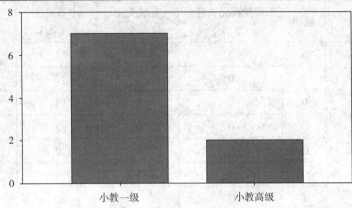

图 3.8　教师的职称结构

（4）最后学历情况

相对于初任教师来说，这一阶段的教师高学历层次的比例明显提高。从表3.14和图3.9中的数据来看，大学本科或以上的比例达到22.2%，而同样的学历层次在初任教师中只占11.1%。

表 3.14　最后学历情况

学历类别	人数	百分比	有效百分比	累积百分比
大专	7	77.8	77.8	77.8
大本或大本以上	2	22.2	22.2	100.0
合计	9	100.0	100.0	

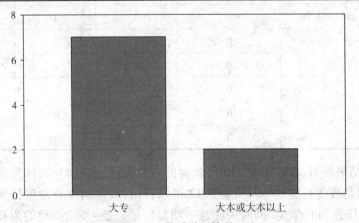

图 3.9　最后学历情况

2. 教师专业需求现状及教师个体专业发展趋向

（1）教师总体专业发展水平概览（"关注"发展阶段）

我们对有经验教师对问卷中 1～16 题的回答结果进行了汇总统计，统计结果如表 3.15 所示。

表 3.15　教师专业发展总体水平

关注类型	题项	很少或无关注（人次）	有些关注（人次）	中等关注（人次）	很关注（人次）
自我关注	3	5	3	1	0
	7	0	2	2	5
	9	0	0	3	6
	13	0	0	3	6
	15	0	0	0	9
	合计	5	5	9	26
	%	11		89	
任务关注	1	0	0	1	8
	2	0	1	2	6
	5	0	1	5	3
	10	2	1	4	2
	14	0	0	2	7
	16	0	0	3	6
	合计	2	3	17	32
	%	4		96	
学生关注	4	0	0	1	8
	6	0	0	1	8
	8	0	0	2	7
	11	0	0	1	8
	12	0	0	1	8
	合计	0	0	6	39
	%	0		100	

统计结果表明，教龄在 5～10 年教师的专业关注表现出与初任教师极为相似的特征，只是程度有所差异。从表 3.12 可以看出，教师的专业发展依然表现出对"自我"、"任务"和"学生"同时关注这一明显特征，三种关注类型的累积关注程度均在 89% 以上（初任教师 95% 以上）。在关注程度上，虽然从低到高可以依次排出

自我关注、任务关注和学生关注的顺序,但相差幅度在 10% 以内(初任教师不足 5%)。值得注意的是没有一位教师对学生不予关注,而且对学生关注程度相当高,有 87% 左右的教师选择了"很关注"(初任教师"很关注"的选择率约为 66%)。这表明了教师在观念上已经相当重视学生,把学生关注作为关注的高层次目标。从这一意义上来说,这些教师总体上已经达到了较为理想的专业发展水平,而且较初任教师有了显著进步。

不过,按照富勒等人提出的关于教师专业发展"关注"的设想,教师专业发展是按照自我关注、任务关注和学生关注的顺序进行的。与初任教师的情况类似,5~10 年教龄的教师仍表现出对这三者同时予以高度关注,这有些令人不解。这一方面可能说明富勒的顺序发展理论存在问题,另一方面说明学校的这些教师在"自我关注"、"任务关注"方面依然存留有许多问题,在这些问题没有得到彻底解决的情况下,他们已经匆忙进入"学生关注"阶段,也有可能是学校教师的专业素养使然。

(2) 教师的专业发展路线(关注水平如何随着教龄的变化而变化)

如果说上面的分析反映了教师专业发展的总体水平,下面描述的教师专业发展路线则从纵向的角度描绘这些教师的关注焦点是如何随着教龄的增长而变化的。

与初任教师成长过程中关注类型纵向成长的情况有所不同,5~10 年教龄教师的纵向发展轨迹变化不甚清晰。或者说,5~10 年教龄组的教师相对初任教师关注焦点发生变化的关键期不明显。这可能是由于调查的对象不同,从而难以直接对照研究的缘故,这也提示我们有对原来的初任教师进行追踪研究的必要。

与初任教师相似的是,在近 5 年的成长中,这一阶段的教师一直没有摆脱"自我关注"作为优势类型的局限。只是随着教龄的增加,任务关注和学生关注的成分不断增加,而且表现出逐渐偏向于学生关注类型的倾向,而且变化的幅度相对于初任教师要大些。如果这一情况属实的话,这说明该教龄段的教师尚有进一步提高与发展的空间,尽管他们表现出对学生的广泛关注,但与初任教师相似,很可能是出于达到外在于学生的"自我关注"的考虑,而不是把关注学生作为真正的出发点和直接目的,尽管他们在回答问卷问题时有许多教师表示进修的目的是为了"改进教学"或"学生",而在他们深层次的观念中依旧把这些表白的"目的"作为达到进一步目的的"手段"。

(3) 教师的专业需求情况

首先,在专业发展的愿望上,这一阶段的教师渴望专业发展的强度极其强烈。在回答"您觉得参加继续教育"有无必要这一问题时,认为"有必要"和"急需"的教师比例占到 100%,其中选择"急需"的达到 62.5%。从这可以看出,这一阶段教师渴望进修的急切程度可见一斑。在回答"您认为现在继续教育的主要问题是什么"时,题目给出了 5 个选项:① 个人工作,生活负担过重,交通不便;② 课程设置不合理,所学内容不实用;③ 教师水平不高,教学方法陈旧;④ 行政管理机制不完善;⑤ 其他,有的教师在"其他"后的空白处写上"只要有机会",意指只要有进修学习的机会,什么困难都可以克服,根本不存在困难与否的问题。

为什么这些教师的专业发展愿望会如此迫切呢?在回答参加继续教育的目的时,近75%的教师回答说是为了"更新知识以提高对社会的适应力",约25%的教师说是为了"更好地教学"或"教好学生"。也就是说,他们进修的原因不是直接或者说主要不是源于教育本身,不是源于对教育教学工作的不胜任,而是出于落后于大时代的紧迫感。这在下面有关的需求分析中得到进一步印证。

其次,专业发展需求的内容广泛,总体上无甚特异性。对于"您参加继续教育最为迫切的需要是什么"这一问题,问卷给出了9个选项:① 提高专业知识水平;② 更新知识,了解本学科发展的新成就、新信息;③ 提高教育理论水平;④ 提高实际教学能力;⑤ 扩展知识面;⑥ 了解教改形势;⑦ 与同行交流;⑧ 观摩教学;⑨ 其他。从教师的回答情况看,除一位教师只选择一个选项外,其余教师都选择了多项(在3~8项之间),有37.5%的教师将1~8项全部选中。这在某种程度上反映出这一教龄段的教师已经不在乎专业发展的内容了,而在于有进修的机会,进修机会成了他们的目的。在访谈中,一位老师更为直接地表达了这种愿望:"我不在乎到外面学什么,只要能到外面学就行。任何一个讲座对我们都有好处、启发,讲座能开阔我们的视野,我们现在太闭塞了。"

在两个排序式的问题中,教师的回答也反映了对进修的内容不明朗的总体特点,但同时也彰显出教师个体发展需求的差异。尽管上述问题说明5~10年教龄教师对进修内容无特别选择,但在问卷中还设计了几个排序题,强制教师对进修内容按重要性进行排序。较有代表性的有两个问题是,"您认为① 专业课程;② 教育类课程;③ 教学技能训练课;④ 普通基础课程四类课程的课时比重的顺序由大到小应该是什么";另一个是"请给继续教育中专业课内容① 基本理论;② 学科新知识;③ 学科教改动向;④ 科研成果应用的重要程度由大到小排序"。对前一问题教师们共有5种排序方式;对后一问题则出现了7种排序方式,几乎是仁者见仁,智者见智。

最后,在专业发展的方式和存在的困难上,教师们表现出一定的共通性。在进修的模式上,我们设计了这样的题目:"您认为哪一些教学模式对自己比较适合:① 自学方式;② 系统授课式;③ 导师式;④ 讲座;⑤ 研讨班;⑥ 校内教研活动;⑦ 函授方式;⑧ 广播电视授课。"与初任教师形成较为鲜明对比的是,5~10年教龄段的教师不再把"带教制"作为主要的可行模式,而是选择了以"研讨班"为主,导师式、系统授课和自学等多种方式相结合的模式。

在进修时间安排方式上,他们最希望"平时集中学习"(选择率为50%),其次是"分散学习"(选择率为37.5%),最后是"假期集中学习"(选择率为12.5%)。

尽管每一位教师对自己在专业发展中遇到的困难的表述不甚相同,但有两个问题比较突出。一是教师可自由支配的、用于专业进修和学习的时间太少。而这恰与上面教师选择的其所偏爱的进修和时间安排方式形成矛盾。前面的进修模式要求教师有一定的自由支配时间,而现实中教师却在不停地忙碌,这使得教师陷于迷茫之中:"没有机会外出学习"、"少有时间学习"、"潜心钻研教材,拓宽自身知识的时间不多,教学任务较重"。二是外在的压力和繁琐的事务使得教师精神压力过大。如有的教师在问卷中道出如下苦衷:

"(困扰我的是)精神的压力,我常在梦中梦到自己的班级,自己的学生或者自己上公开课的情形。

不过我觉得这是个人性格所致,我总希望自己能做得最好,可现实生活中,常有许多不可预料的事发生。因此我常常要花许多时间来反思,反省自己的不足。"

从这段话中可以看出,这位教师本来就是一位追求完美和极有上进心的人,如果给她宽松的环境和充分的支持的话,她有可能迅速成长为一位更加优秀的教师。无奈,繁琐的事务以及外在的压力过大,使得她苦恼不堪,渐渐失去热情。这是存在于这一教龄段教师身上的一个普遍问题。

(4) 个体专业发展的趋向(自我报告的适合发展趋向)

与初任教师相比,该教龄段的多数教师基本上有了较为明显的专业发展规划意识,这是教师专业发展逐渐走向成熟的重要标志。在问卷和访谈中,当问及"您现在是否有长远的专业进修和学习规划"时,大约77.8%的教师回答说有长远规划,并认为"一定的方向和规划可以减少自己做事的盲目性,不断给自己新动力"。但现实不容乐观,有22.2%的被调查教师仍尚无规划,即使在有规划的教师中,感到无能为力者也为数不少,在实际中由于种种限制很有可能导致计划落空。

在教师的个性化发展趋向方面,教师都有了较为明确的选择,这与初任教师在回答类似问题时放弃填写、对自己的优势发展趋向认识仍不清晰的情况相比,有了一定的进步。其中,选择"我做教师最能发挥我的特长"的比例为62.5%;选择"如果兼任学校管理工作,更能显示我的优势"的比例为25%;选择"擅长做收集整理教学资料、制作教具、设计课件等工作"的比例为12.5%。

3. 问题与建议

从问卷的总体情况来看,学校5～10年教龄段教师的专业发展水平比较令人满意,但他们所暴露出的一些问题需要引起我们重视,这样,在今后的校本专业发展中我们可以改进我们的工作,同时,对其他阶段教师的专业发展也有借鉴。

总之,在教师需求、专业发展水平和校本专业发展设计方面,学校表现出的问题主要有以下几方面:

(1) 教师的教学负担过重,少有时间外出学习以及与同事交流和开展科研工作;

(2) 最受欢迎的专业发展模式,不是系统授课,而是研讨班,也许这是适合该教龄段教师的最有效的模式;

(3) 对该教龄段教师的校本培训计划在内容上过于一致,较少考虑教师各自的特殊需求;

(4) 学校对教师的校本专业发展辅导有待加强,尤其是对教师自我职业生涯设计意识和能力的培养,对教师认识自我发展优势的指导做得尚不到位。

为了更好地开展学校的校本教师专业发展工作,促进教师的专业发展,针对以

上问题,我们提出:

(1) 切实避免或减少教师之间的各种恶性竞争和评比,切实减少教师与教育、教学不直接相关的事务性工作,切实减少各种信息发布式会议,合理安排教师的授课时间,给他们安排学习和进修的时间;

(2) 强化校内的教研活动和专门课题式研讨活动,使教师在研讨中发展;

(3) 在校本专业发展辅导中,增加教师自我职业生涯设计内容,使教师对自己的整个职业生涯有一个较为清晰的认识,并在此框架下有意识、有计划地安排自己的专业发展。

(三) 成熟教师专业发展需求分析

这里的成熟教师主要指学校教龄在 10 年及以上的教师。我们在对学校教龄在 1~4 年、5~10 年的教师进行问卷调查和个别访谈的基础上,又对教龄在 10 年及以上的教师进行了问卷调查和个别访谈。本次使用的调查问卷和访谈提纲与 5~10 年的教师相同。

1. 基本情况

(1) 教龄结构

学校教龄在 10 年及其以上的教师总共 20 名,其中教龄最长者为 28 年。在间距长达 18 年的教龄段内,基本上以教龄 15 年为分界线,教龄在 15 年及其以内者占 55%,15 年以上者占 45%。在这两阶段内,又存在两个教龄较为集中的峰值,一个是 15 年,一个是 19 年。在这一教龄段内,男教师仅有两位,与前两个教龄段相比,男教师的比例最低,只有 10%(前两个教龄段内的男教师的比例分别为 22% 和 11%)。该阶段教师的教龄分布如表 3.16 和图 3.10 所示。

表 3.16 教师的教龄分布

教龄	频数	百分比	有效百分比	累积百分比
10	1	5.0	5.0	5.0
11	2	10.0	10.0	15.0
13	2	10.0	10.0	25.0
14	2	10.0	10.0	35.0
15	4	20.0	20.0	55.0
16	1	5.0	5.0	60.0
17	1	5.0	5.0	65.0
19	4	20.0	20.0	85.0
22	1	5.0	5.0	90.0
24	1	5.0	5.0	95.0
28	1	5.0	5.0	100.0
合计	20	100.0	100.0	

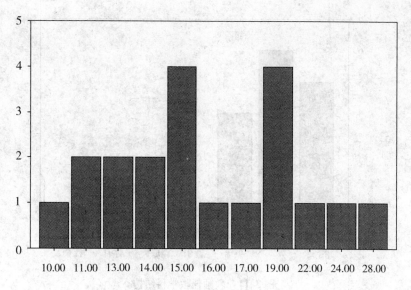

图 3.10 教师的教龄分布

（2）任教学科结构

从表 3.17 和图 3.11 中可以看出，该教龄段教师的任教学科相对集中在语文、数学和英语三门学科上，其中尤以语文和数学居多（两科任教教师合计达55%），而执教学校特色学科——英语的教师仅有 20% 。这与前两个教龄段有所不同，前两个教龄段中担任英语学科的教师的比例分别为 33.3% 和 44.4% 。从任教学科的总体结构上来说，这一教龄段教师所担任的科目类别数介于前两个教龄段之间。

表 3.17 教师任教学科结构

任教学科	频数	百分比	有效百分比	累积百分比
语文	5	25.0	25.0	25.0
数学	6	30.0	30.0	55.0
英语	4	20.0	20.0	75.0
音乐	1	5.0	5.0	80.0
美术	1	5.0	5.0	85.0
体育	2	10.0	10.0	95.0
社会	1	5.0	5.0	100.0
合计	20	100.0	100.0	

（3）职称结构

在该教龄段的 20 位教师中，有小教高级职称的占到 85% ，还有 1 位教师已经

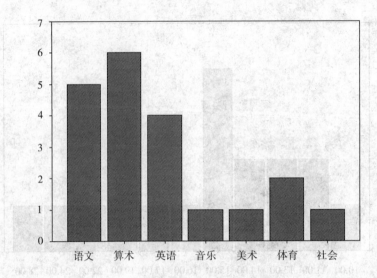

图 3.11　教师任教学科结构

获得中教高级职称(参见表 3.18 和图 3.12)。这反映出这一教龄段的教师在专业发展道路上已经达到顶峰。他们中只有少数教师是小教一级,大多数教师在职称上是相同的,不存在职称上的差别。

表 3.18　教师的职称结构

职称结构	频数	百分比	有效百分比	累积百分比
小教一级	2	10.0	10.0	10.0
小教高级	17	85.0	85.0	95.0
中高	1	5.0	5.0	100.0
合计	20	100.0	100.0	

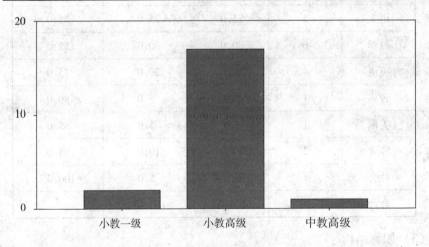

图 3.12　教师的职称结构

（4）最后学历情况

相对于5～10年教龄段的教师来说,这一教龄段的教师在高学历的比例上有所降低,这大概是由于历史原因造成的。大学本科或以上的比例为10%（而5～10年教龄段的教师则为22.2%,初任教师为11.1%）;中专或中专以下学历的教师占到15%,而在5～10年教龄段的教师中却不存在此学历层次。具体情况参见表3.19和图3.13。

表3.19 最后学历情况

学历结构	频数	百分比	有效百分比	累积百分比
中专或中专以下	3	15.0	15.0	15.0
大专	15	75.0	75.0	90.0
大本或大本以上	2	10.0	10.0	100.0
合计	20	100.0	100.0	

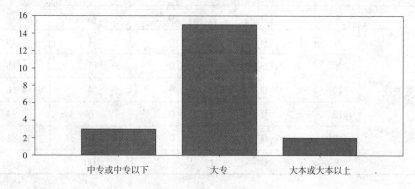

图3.13 最后学历情况

2. 教师专业需求现状以及教师个体专业发展趋向

（1）教师总体专业发展水平概览（"关注"发展阶段）

我们对成熟教师就问卷中1～16题的回答结果做了汇总统计,统计结果如表3.20所示。

表3.20 教师专业发展总体水平

关注类型	题项	很少或无关注（人次）	有些关注（人次）	中等关注（人次）	很关注（人次）
自我关注	3	12	4	1	3
	7	1	1		14
	9	0	4	5	11
	13	1	0	5	14
	15	0	0	4	16
	合计	14	9	19	58
	%	14		86	

关注类型	题项	很少或无关注 （人次）	有些关注 （人次）	中等关注 （人次）	很关注 （人次）
任务关注	1	0	0	2	18
	2	0	1	4	15
	5	0	2	5	13
	10	1	4	5	10
	14	0	0	2	18
	16	0	4	3	13
	合计	1	11	21	87
	%	0.83		99.17	
学生关注	4	0	0	3	17
	6	0	0	1	19
	8	0	0	5	15
	11	0	0	4	16
	12	0	0	6	14
	合计	0	0	19	81
	%	0		100	

　　根据统计数据,10 年及其以上教龄段教师的专业关注表现出与初任教师、5～10 年教龄段教师极为相似的特征,只是程度有所差异。从表 3.20 中可以看出,教师的专业发展依然表现出对"自我"、"任务"和"学生"同时关注的明显特征,三种关注类型的累积关注程度均在 86% 以上(初任教师 95% 以上、5～10 年教龄段教师在 89% 以上)。在关注程度上,虽然从低到高可以依次排出自我关注、任务关注和学生关注的顺序,但相差幅度不大。值得注意的是没有一位教师对学生不予关注,而且关注程度还相当高,有 81% 左右的教师选择了"很关注",这一关注水平介于初任教师和 5～10 年教龄段的教师之间(初任教师、5～10 年教龄段教师"很关注"的选择率分别为 66% 和 87%)。这似乎表明教师在观念上已经相当重视学生,把学生关注作为关注的高层次目标。从这一意义上说,这些教师总体上已经达到了较为理想的专业发展水平。

　　(2)教师的专业发展路线(关注水平如何随着教龄的变化而变化)

　　如果说上面的分析反映了教师专业发展的总体发展水平,下面关于教师专业发展路线的分析则试图从纵向的角度来描绘这些教师的关注焦点是如何随着教龄的增长而变化的。

　　与初任教师的关注类型纵向成长的情况不同,10 年及以上教龄段教师的纵向发展轨迹变化不甚明显,这与 5~10 年教龄的教师相似。经卡方检验,关注问卷的 16 个问题中,除任务关注类别中的"教学情境中的例行和常规工作"这个问题外($p=0.03$,参见表 3.21),其他问题在不同教龄之间并不存在显著差异。在对不同教龄的教师在"教学情境中的例行和常规工作"这一问题上的关注焦点频数分布情况的进一步分析中,我们发现导致统计学上出现显著差异的教龄是由于教龄为 11 年的两位教师所做出的"中等关注"的选择。除此之外,其他选择均为"很关注"。这两位教师的校龄分别为 2 年和 7 年,她们作为学校的一"新"、一"老"教师,为何共同作出与众不同的选择,对于她们各自的成长轨迹来说,这样的选择是否也意味着显著不同,则有待于进一步追踪研究,目前尚难以作出判断。

由于某些教师教龄虽长但在我们学校工作的时间短即校龄短,所以,以上统计分析方式有可能掩盖这些教师在我们学校成长的纵向发展轨迹。于是我们又对校龄 3 年以上的教师进行了统计分析。按照不同教龄段教师的关注焦点差异,我们进行了 χ^2 检验。其结果与前面相同。

总体来说,这一教龄段教师的关注焦点似乎并没有随着教龄的增长而变化。何以致此,值得深入研究,这是否真的就意味着教师在这数年里就没有专业发展?如果说有发展,那么发展的指标又应该是什么?

表 3.21 "教学情境中的例行和常规工作"教师关注焦点与教龄 χ^2 检验

	统计量值	自由度	双侧近似概率
Pearson 卡方	20.000	10	.029
似然比	13.003	10	.223
线形相关	3.192	1	.074
有效记录数	20		

也许我们在借鉴富勒的关注理论时,更应注重考察"自我关注"、"任务关注"和"学生关注"的具体内容。同样有"自我关注"、"任务关注"或"学生关注"的表现,但由于所关注的内容实质不同,也可能意味着教师的不同专业发展水平。这或许是我们今后在研究过程中应引起足够重视的课题。

(3)教师的专业需求分析

首先,在专业发展的强烈程度上,该教龄段的教师仍然具有极其强烈的专业发展渴望。我们问卷中的一个问题是"您觉得参加继续教育有无必要",同时提供了 4 个选项:① 没有必要;② 无所谓;③ 有必要;④ 急需,该教龄段的教师选择后两项的比例占到 100%,选择"急需"和"有必要"的百分比分别为 40% 和 60%(参见表 3.22),由此可见,这一阶段的教师渴望进修的心情也很急切。这与 5~10 年教龄段教师所表现出来的情况相同,只是在愿望的强烈程度上,表现稍弱,在 5~10 年教龄段教师的回答中,选择"急需"和"有必要"的百分比分别为 60% 和 40%。此外,10 年及以上教龄段教师的渴求非常一致,经 χ^2 检验,不存在显著差异(参见表 3.23)。

表 3.22　您觉得参加继续教育的必要性

选项	频数	百分比	有效百分比	累积百分比
有必要	12	60.0	60.0	60.0
急需	8	40.0	40.0	100.0
合计	20	100.0	100.0	

表 3.23　教龄与参加继续教育必要性 χ^2 检验

	统计量值	自由度	双侧近似概率
Pearson 卡方	14.792	10	.140
有效记录数	20		
似然比	19.649	10	.033

　　这些教师为什么专业需求会如此迫切呢？在回答继续教育的目的时,有95%的教师说是为了"更新知识提高对社会的适应力",5%的教师填写了其他(参见表3.24)。这与5~10年教龄段教师的想法如出一辙。经过 χ^2 检验,"更新知识提高对社会的适应力"的选择与"其他"选择频数之间差异的显著性水平竟然为0,达到统计学意义上极其显著差异(参见表3.25)。也就是说,他们进修的原因不是直接或者说主要不是源于教育本身,不是源于对教育教学工作的胜任能力,而是出于达成时代要求的紧迫感。

表 3.24　"您认为参加继续教育学习主要是为了什么?"

选项	频数	百分比	有效百分比	累积百分比
更新知识提高对社会的适应力	19	95.0	95.0	95.0
其他	1	5.0	5.0	100.0
合计	20	100.0	100.0	

表 3.25　参加继续教育目的两选项频数之间的 χ^2 检验

	统计量值	自由度	双侧近似概率
Pearson 卡方	16.200	1	.000
有效记录数	20		

　　其次,在专业发展的内容需求上,该教龄段的教师也表现出需求广泛的特点。对于"您参加继续教育最为迫切的需要是什么"这一问题,我们提供了9个选项:① 提高专业知识水平;② 更新知识,了解本学科发展的新成就、新信息;③ 提高教育理论水平;④ 提高实际教学能力;⑤ 扩展知识面;⑥ 了解教改形势;

⑦ 与同行交流;⑧ 观摩教学;⑨ 其他。从教师的回答情况看,有15%的教师选择了前三个选项,剩下的教师都选择至少四个选项,其中30%的教师把1～8个选项全部选中。这种情况与5～10年教龄的教师极为相似。这似乎表明,这一教龄段的教师也已经不在乎进修什么,而在于有进修的机会,能够进修学习就是他们的目的。

在两个排序式的问题中,教师的回答也反映了对进修的内容总体不明朗的特点,但同时教师个体间存在着一定的需求差异。这一特征与5～10年教龄教师的表现也完全相同。尽管上述问题说明10年及其以上教龄教师对进修内容无特别选择,但在问卷中还设计了几个排序题,强制教师对进修内容按重要性进行排序。较有代表性的两个问题是,第一,"您认为① 专业课程;② 教育类课程;③ 教学技能训练课;④ 普通基础课程四类课程的课时比重的顺序由大到小应该是什么";第二,"请给继续教育中专业课内容① 基本理论;② 学科新知识;③ 学科教改动向;④ 科研成果应用的重要程度由大到小排序"。对前一问题,该教龄段的教师有7种排序方式;对后一问题则出现了11种排序方式,几乎是仁者见仁,智者见智。

最后,在专业发展需求的方式和存在的困难上,该教龄段的教师表现出一定的共通性。在进修的方式上,我们设计了这样的题目:"您认为哪些教学模式对自己比较适合:① 自学方式;② 系统授课式;③ 导师式;④ 讲座式;⑤ 研讨班;⑥ 校内教研活动;⑦ 函授方式;⑧ 广播电视授课",与初任教师将"带教制"作为主要的可行模式、5～10年教龄段的教师选择以"研讨班"为主要形式形成鲜明对比的是,10年及其以上教龄段教师选择比例最高的是"校内教研活动"(25%),与研讨班、导师式等多种方式相结合的方式也多被认同。与5～10年教龄段教师所选择的"研讨班"方式相比较,"校内教研活动"似乎更具有常规性,强调在日常的教研活动中经常、持续地提高和发展;虽然表面上老教师与初任教师都有"导师式"的选择,但在导师式的具体内涵上二者可能不同,老教师更强调通过与带教对象之间的合作、对某些问题的深入研讨,从而深化对特定教学问题的理解,增长教育智慧,而不再是像新教师预期的那样从导师那里获得教学的基本技能技巧。

在进修时间的安排方式上,该教龄段的教师最希望"分散学习"(选择率为35%),其次是"平时集中学习"和"假期集中学习"(选择率均为25%)(参见表3.26)。进一步的 χ^2 检验显示,几种进修时间安排方式之间差异的显著性水平为0.06,已接近于显著差异(参见表3.27)。由此可以推断,对老教师来说,在某种程度上"分散学习"是他们希望的安排方式。这与5～10年教龄段教师的将"平时集中学习"列为首选方式形成对比。这在某种程度上也反映出老教师对教师专业发展方式的一种意向,即认为教师发展的机会离不开平时的常规教学,分散学习能更有效地学以致用,教师也更易于实现持续不断的发展。

表 3.26 您希望的进修时间安排

时间安排方式	频数	百分比	有效百分比	累积百分比
平时集中学习	5	25.0	25.0	25.0
分散学习	7	35.0	35.0	60.0
假期集中学习	5	25.0	25.0	85.0
1、3	1	5.0	5.0	90.0
2、3	1	5.0	5.0	95.0
1、2	1	5.0	5.0	100.0
合计	20	100.0	100.0	

表 3.27 进修的时间安排不同方式之间的 χ^2 检验

	统计量值	自由度	双测近似概率
Pearson 卡方	10.600	5	.060
有效记录数	20		

尽管每一位教师对自己在专业发展中遇到的困难的表述不甚相同,但有两个问题比较突出。一是包括课时在内的教师各项工作安排太紧张,可自由支配的、用于专业研讨和学习的时间太少。二是教研活动流于形式。尽管教研活动定期进行,但由于教师在教研活动时往往三心二意、心不在焉,所以多数情况下只是流于形式。

(4) 个体专业发展的趋向(自我报告的适合发展趋向)

与初任教师和 5～10 年教龄段教师相比,成熟教师都有了较为明显的专业发展规划意识,这是教师专业发展逐渐走向成熟的重要标志。在问卷和访谈中,当问及"您现在是否有长远的专业进修和学习规划?"时,参与调查的老教师 100% 回答说有长远规划,并认为教师应"活到老,学到老","在世界外国语小学工作期间,从未停止过学习"。这一数据表明,老教师相对 5～10 年教龄段教师在自我发展意识方面要强烈得多,因为 5～10 年教龄段教师回答"有"的比例仅为 77.8%。

表 3.28 "根据自己的体会和同事的评价,我常得……"

选 项	频数	百分比	有效百分比	累积百分比
我做教师最能发挥我的特长	17	85.0	85.0	85.0
如果兼任学校管理工作,更能显示我的优势	2	10.0	10.0	95.0
1、2	1	5.0	5.0	100.0
合计	20	100.0	100.0	

在教师的个性化发展趋向方面,每一位老教师都有非常明确的选择。与 5～10 年教龄段的教师相比,老教师的选择更趋于集中。5～10 年教龄教师对自己今后的发展趋向尽管也都有了定位,但比较分散。除"教学"、"管理"两个系列外,选择"擅长做收集整理教学资料、制作教具、设计课件等工作"的比例也达到 12.5%。也许从初任教师对自己优势认识不足、放弃选择,到 5～10 年教龄段教师开始有自己的多种尝试性的选择,再到 10 年及以上教龄教师有明确的选择,这是一条规律性的教师个性化发展路线。

3. 问题与建议

从问卷的总体情况来看,学校 10 年及以上教龄段教师的专业发展水平令人较为满意,但他们并没有走到教师专业发展的终点,依然有进一步发展和学习的必要。他们在问卷中所表现出的专业发展需求和专业发展中暴露的一些问题需要引起重视,以便在今后的校本专业发展中改进,同时对如何促进其他阶段教师的专业发展提供一定的借鉴。

总之,在教师需求、专业发展水平和校本专业发展设计方面,学校表现出的问题主要有以下几方面:

(1) 教师的教学负担过重,少有时间外出学习、与同事交流和开展科研工作;

(2) 最受欢迎的专业发展模式,不是系统授课,而是校内教研活动,以及与研讨班、与新教师结对合作等多种形式相结合的方式,也许这是适合该教龄段的特有方式;

(3) 对该教龄段教师的校本培训计划在内容上过于一致,较少考虑教师各自的特殊需求;

(4) 学校对教师的自我职业生涯设计意识和能力的培养,对教师认识自我发展优势的指导做得尚不到位。

为了更好地开展学校的校本教师专业发展工作,促进教师的专业发展,针对以上问题,我们提出:

(1) 避免或减少教师之间的各种竞争和评比,切实减少教师与教育、教学不直接相关的事务性工作,切实减少各种信息发布式会议,合理安排教师的授课时间,给老教师也同样安排研讨、学习的时间,以便更好地发挥老教师在学校中的示范、指导作用;

(2) 强化校内的教研活动和专门课题式研讨活动,使教师在研讨中发展;

(3) 在校本专业发展中,要更加注重每一位老教师的特长和特殊专业发展需要,提供有针对性的专业发展机会,而非无特点的一般性进修;

(4) 对老教师也应加强职业生涯规划与设计指导,让他们"老有所为",使得老教师在带教和学校专业发展文化环境的形成、发展与传承中更充分地发挥作用。

三、"一纵"、"一横"、"一交叉"的指导思路

根据相关理论和实际调查的结果,我校提出了"一纵"、"一横"、"一交叉"的个别化专业发展指导思路。

(一)理论基础

1. 个别化教师专业发展充分运用了教师专业发展阶段理论

在思考如何改进现实中的教师培训工作时,我们学习和吸收了大量的关于教师专业发展阶段的理论。这些理论在第一章我们已经做了详细的论述。这些理论,如美国学者富勒所提出的"教师教学关注阶段论"、费斯勒的"动态教师生涯循环论"、休伯曼等人在 1993 年提出的教师职业周期主题模式以及我国学者林炳伟等人在本土化研究的基础上所提出的教师生涯发展阶段观点等,从不同的侧面揭示了教师专业发展的阶段性和每个阶段的不同特点,要求教育工作者和学校领导要给处于不同专业发展阶段的教师提供不同的支持和指导。个别化教师专业发展充分运用这些理论,根据不同专业发展阶段的教师的特点而提供针对性的指导策略。

2. 个别化教师专业发展建立在教师个体差异理论的基础上

个体差异理论认为,由于先天遗传和后天环境的不同影响,形成了一个个不同的个体。个体间的差异不仅体现在外表上,更体现在需要、动机、理想、信念、世界观以及能力、气质、性格和兴趣等内在要素上。就外表而言,人有高矮胖瘦;就需要而言,有的人追求物质享受,有的人追求自我实现;就动机而言,有的人是为了外界的赞扬才把工作做好,而有的人完全是出于对工作的热爱;就理想而言,有的人抱负远大,有的人只求平平淡淡;就世界观而言,有的人积极、乐观,而有的人则消极、悲观。在能力上,人的观察力、记忆力、想象力、思维能力、创造力、人际交往能力、语言表达的能力等各不相同;在气质、性格上,有的人精力充沛、情绪变化快、难于自制、热情、直爽而又易怒、急躁等,有的人活泼好动、思维动作敏捷、善于交往,有的人安静、沉稳,有的人则寡言少语、敏感、细腻;有的人争强好胜,有的人文静内秀……。

教师也是如此,不同的教师在经历、能力、气质、性格、年龄等方面存在差异,只有根据每个教师的特点采用针对性的管理和支持策略才能更好地促进教师的发展。因此,个体差异理论是个别化教师专业发展模式的主要理论基础之一。

3. 个别化教师专业发展充分运用了教师隐性知识论

在思考如何改进现实中的教师培训工作时,我们学习和吸收了大量的关于教师教学的隐性知识理论。这些理论在第一章我们已经做了详细的论述。隐性知识的直觉性、模糊性、情境性和不确定性等特点告诉我们,这些知识无法直接传递给教师,而我们知道,这些知识在教师的教学知识中占有很大的比重,对教师的教学成败起着重要作用。要使教师具有这些隐性知识,一是要指导教师在教学中实践、

在实践中反思、在反思中提高,二是要促使这些隐性知识显性化,以便让更多的教师习得这些宝贵的知识。在这一思路指导下,行动研究、反思性教学、案例教学、校本培训等强调教师主动参与、同伴合作和专家引导的教师专业发展策略纷纷出炉。个别化的教师专业发展模式在隐性知识理论的指导下,强调基于教师自身的实践和同伴的合作、交流实践来促进教师的专业发展。

4. 个别化教师专业发展建立在建构主义学习理论基础上

传统的中小学教师培训往往以知识的传授为主,在方式上以报告和讲座居多,忽视受训教师的个体差异和主动参与。这是建立在行为主义学习理论基础上的,这种理论认为学习者的大脑犹如一个白板,可以任由人涂画,学习就是个体在外界刺激和反应之间建立起稳定的联结,通过练习、强化等手段可以促进学习者的学习。这在一定程度上导致了中小学教师的学习被动、机械、单一。随着认知科学的发展,建构主义学习理论逐渐成为一种优势的理论,这一理论认为,学习者是带着自己已有的经验进入学习现场的,学习是学习者主动建构信息的过程。"建构"即学习者通过新、旧知识经验之间反复、双向的作用,来形成和调整自己的经验结构。建构主义的教学设计强调以学生为中心、强调"情境"、"协作学习"对意义建构的关键作用、强调对学习环境的设计、强调利用各种信息资源来支持"学"而非支持"教"、强调学习过程的最终目的是完成意义建构而非完成教学目标。这种理论要求学习者在主动的参与中,在小组合作中来建构知识的意义。对教师教育而言,就是尽量以教师工作的具体环境为基地,最大限度地调动教师主动参与的积极性,通过建立学习共同体等多种形式促进教师间以及教师与其他人之间的互动,让教师在主动参与中、在互动中,充分地建构知识。这也正是当前我们在个别化的教师专业发展中强调案例学习、合作学习、个人反思等的原因之一。

(二)"一纵"、"一横"、"一交叉"

我们在理论指导和实证研究基础上确定下"一纵"、"一横"、"一交叉"的指导思路,其具体内容如下:

1. "一纵"

"一纵"指的是根据教师纵向专业发展阶段特点和发展需求,以及所存在的特定问题来设计教师专业发展的促进策略。也就是说,我们并不是一开始就针对各个教师的特点制定个体化的专业发展策略,而是注意到了处于同一发展阶段的教师具有相似的专业发展特点这一规律,所以,首先从"类"的层面上制定针对不同发展阶段教师的专业发展促进策略,这样既可以加强教师专业发展工作的针对性,又可以为个体化的教师专业发展策略做好铺垫。尽管"一纵"主要考虑的是解决某一特定发展阶段教师所面临的共同问题,但这与过去完全不考虑教师专业发展不同阶段有不同需要的教师培训已经有了根本区别。在"一纵"思路的指导下,学校探索并总结出了针对"初任教师"、"有经验教师"和"成熟教师"的专业发展促进策略。这一思路及其策略如图3.14所示。

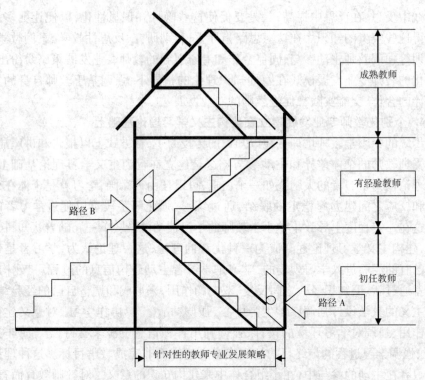

图 3.14 个别化教师专业发展实施思路与策略——"一纵"示意图

"初任教师"指的是 1~4 年教龄段的教师,其成长途径是"路径 A",通过学校的培养,其可逐渐成长为"有经验教师"和"成熟教师"。"有经验教师"一般指的是工作 5~10 年的教师,他们具有丰富的教学经验,其成长途径有两种:一种是由"路径 A"发展而来,另一种是"路径 B",即原先不在学校后转到学校工作的教师,他们同样具有丰富的教学经验,成为学校的"有经验教师"。通过学校对来自"路径 A"和"路径 B"教师的培养,其中有些教师成长为学校的"专家教师",他们是学校的宝贵财富。

2. "一横"

"一横"具有丰富的内涵,这里主要指的是结合教师任教学科特点,采用相应促进策略,使教师在学科教育业务素质的结构上有所拓展、深化和提高。我们发现,教师的任教学科也是影响教师专业发展的一个重要因素,同一学科的教师有着相似的专业发展需要,根据同一学科教师的特点制定针对性的教师专业发展促进策略,这样既可以加强教师专业发展工作的针对性,又可以为个体化的教师专业发展策略做好铺垫。在这一思路的指导下,我们探索并总结出了针对学校"英语教研组"、"数学教研组"、"语文教研组"和"音乐教研组"的专业发展促进策略。因此,这里的"一横"也是一种类层面的个别化促进策略,即与教师的任教学科(包括教研组和教师个体)特点相适应的促进策略。

3. "一交叉"

"一交叉"指的是根据个体教师所处的专业发展阶段的特点、所任教学科的特点以及个体专业素质结构的特点、个体的个性特点等制定针对性的专业发展定向目标和相应的专业发展促进策略,并根据教师的专业发展的实际水平及存在的问题,随时对教师专业发展策略进行调整。"一交叉"是一种动态的、针对教师个体的专业发展促进策略,是个别化的教师专业发展的最高表现形式。在"一交叉"思路的指导下,我们根据每位教师不同的个性特点、不同的发展趋势,帮助他们正确定位,设计发展目标,引导他们制定相应的发展策略,以实现发展目标。

在"一纵"、"一横"、"一交叉"思路的指导下,我们总结出了一系列与教师职业生涯阶段相应的个别化策略和与学科教研活动相应的个别化策略。

(三) 操作流程

为了促进处于不同专业发展阶段的教师、担任不同学科教学任务或管理任务的教师的专业发展,学校采取如下操作步骤:

第一步,对该阶段或该教研组或教师个体的专业发展需求进行分析,也即是"需求分析"是我们的起点行为(见图3.15所示);第二步,在对教师进行需求分析的基础上,同时考虑学校的发展需要,确定不同教师群体或个人的专业发展目标,即"目标定位";第三步,根据所确定的教师专业发展目标,制定不同的教师专业发展措施,即"措施建议";第四步,学校对教师专业发展的过程和结果进行诊断和反馈;第五步,根据诊断和反馈的结果对原来确定的教师专业发展目标和教师专业发展措施进行调整;第六步,对调整后的专业发展过程和结果进行再次诊断与反馈;第七步,对教师专业发展的目标达成度再次进行评价。如果目标达到,开始新的

需求分析 → 目标定位 → 措施建议 → 诊断与反馈 → 目标与措施的调整 → 再诊断与反馈 → 目标达成度评价……以此循环往复,如果目标没有达到,就要分析原因,采取新的措施,直至目标达成为止。

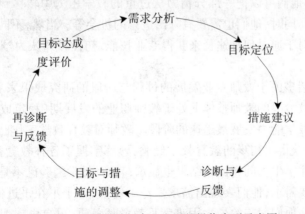

图3.15 个别化教师专业发展的操作序列示意图

第四章　与教师职业生涯阶段相应的个别化策略

在前面的论述中我们已经讲到,学校根据教师教龄,把教师划分为初任教师(1~4年教龄)、有经验教师(5~10年教龄)和成熟教师(10年以上教龄)三个阶段。我们的问卷调查结果虽不能说如实反映各个阶段教师专业发展的特点,但至少在某种程度上揭示了各个阶段教师专业发展的差异性。根据各个阶段教师专业发展的特点而采取针对性的发展策略应该说是个别化教师专业发展的一个重要组成部分。

一、教师不同职业生涯阶段的特点

国内外诸多关于教师专业发展的过程与阶段的研究成果,均揭示出1~3年教龄段的教师整体上处于教师职业的适应期,他们缺乏教学的实践经验和基本的教育教学能力。问卷调查结果也表明,这一阶段的教师最为需要的是"教育、教学经验",这些经验主要涉及两个领域:一是常规教学领域,主要是维持教学正常进行的最基本的教学技能,如:"如何控制教学节奏"、"如何处理学生问题的能力"等。二是课程实施中对教材的理解问题,如:"如何把握教材的重点与难点"等。问卷调查的结果还从侧面反映出,这一教龄段的教师还需要松紧适度的教学环境,这样他们可以把一部分精力从过重的教学压力中转移到教学方法的改进和试验上来。同时,他们也需要有外出进修的机会等。当然,不同的教师在程度上有所差异。对于通过何种途径来获得专业技能,初任教师认为"师徒带教制"是最主要的途径。

从国内外诸多关于教师专业发展的过程与阶段的研究成果来看,大部分学者认为5~10年教龄段的教师整体上处于教师职业的发展期(稳定成长期),这一阶段是教师教育教学能力发展最迅速的阶段。教师对教育教学工作已有较多的成功和失败的体验,获得了初步的教育教学经验,熟练掌握了各种教育教学技能,从关注自己转向关注学生。问卷调查结果也显示,教育、教学经验已不是这一阶段教师专业发展的主要需求,他们表现出需求广泛的特点,似乎不在乎进修什么,而在乎有进修的机会。他们面临的最大困难就是教学任务重,可自由支配的专业进修和学习时间太少。在进修的方式上,他们倾向于以研讨班的形式,导师式、系统授课和自学等多种方式的结合;进修时间最好以平时集中学习为主,其次是分散学习和假期集中学习。在专业发展规划上,这一阶段的教师表现出明显的专业发展规划意识。与大多数研究结果不同的是,我们的问卷调查结果揭示,教龄在 5～10 年教师的专业关注表现出对"自我"、"任务"和"学生"同时关注的明显特征,三种关注类型的累积关注程度均在 89% 以上。在关注程度上,虽然从低到高可以依次排出自我关注、任务关注和学生关注的顺序,但相差幅度在 10% 以内。值得注意的是没有一位教师对学生不予关注,而且对学生关注程度相当高,有 87% 左右的教师选择了"很关注"。这似乎表明教师在观念上已经相当重视学生,把学生关注作为关注的高层次目标。从这一意义上说,这些教师总体上已经达到了较为理想的专业发展水平,而且较初任教师有了进步。

从国内外诸多关于教师专业发展的过程与阶段的研究成果来看,大部分学者认为 10 年以上教龄段的教师整体上处于教师职业的成熟阶段。在这一阶段,教师经过长期的实践和探索,形成了自己独特的教育教学风格。一部分教师满足于自己已有的经验和技能而就此裹足不前,成为典型的"教书匠";一部分教师仍然在教学理论和实践方面上下求索,把研究的触角伸向教书育人的各个方面,因为教学和科研上的建树而成名、成家。问卷调查结果则没有明显地揭示出上述特点,只是表明这一阶段的教师在专业发展的需求上与 5～10 年教龄的教师没有太大的差异。这可能是因为学校特有的氛围使然。根据我们的观察,从第五年开始,有些教师在教学上就开始徘徊不前。

需要指出的是,上述关于各个阶段教师特点的分析只是就一般情形而言,我们不排除某些教师的特殊表现。此外,在考虑针对不同阶段教师特点的专业发展策略时,我们不仅仅依赖于问卷调查的结果,也参照我们多年的观察和经验。

二、初任教师的专业发展策略

根据我们的长期观察和问卷调查的结果,我们认为初任教师专业发展的主要任务是把外在的"显性"规范转化为内在的"隐性"规范,我们称之为"从规范到规范"。其中,第一个"规范"是"显性"规范,即学校以规章制度、条例或其他形式表现的规范,它往往以明确的书面形式来表达;后一个"规范"是指"隐性"的规范,即内化到教师心中的、直接指导教师行为的规范。如何使外在的"显性"规范转化为内在的"隐性"规范,是培训初任教师的主要任务。学校贯有的做法是采用带教制、开展暑期岗位培训和以学校特有的文化氛围促进教师发展。

(一) 暑期岗前培训

在新教师正式上课和担任班主任前,学校都会利用暑假对他们进行上岗前的培训,一般为期两天。组织新教师学习各项规章制度,可让新教师一开始就有意识地参照规范行事,从而自觉了解规范、熟悉规范、遵从规范,为内化规范、超越规范奠定基础。

在暑期岗前培训中,我们特别强调教学常规及教学流程管理制度,如,备课规范、辅导规范、考核规范等。"备课规范"要求教师全面了解教材内容,统筹安排学期授课计划,并在教研组备课活动中推行"说课制"。说课内容包括目标、教材、过程、教法、板书、练习等。同时要求教师备课认真充分,并有量的要求,暑假备课量不少于一个月,寒假不少于两周,平时不少于一周。新教师要写好详案,老教师要根据实际修正教案,课后要写好教学笔记,积累教学资料。"辅导规范"要求实行不同类型的辅导,使学有余力的学生得到进一步发展,使学有困难的学生得到帮助。在辅导活动中,以学生发展为本,打破班级制,在年级中,按学生的学力分班或组进行;对学有困难的学生,实行"天天清",即当天学的内容当天消化,当天订正。同时还实行"周周清",老师在周末给予个别辅导,并做好"二练"辅导。"考核规范"要求实行"教"、"考"分离,使行政领导不脱离教学,取得领导教学的主动权,使任课教师增加目标意识,提高教学效益。同时,实行多样化考试手段,有笔试、口试、活动能力考核等,做好质量分析及考核情况评析与反馈。

(二)学校特有的文化氛围对教师发展的促进

如果说"带教制"对新入职教师的专业发展有"显性课程"的意味,那么学校风气对新教师发展可以算是"隐性课程"了。在多数情况下,学校风气对教师发展的影响并非刻意为之,但其作用却不可小视。学校特有的文化氛围让新教师超越有形规范,沉浸于无形规范。

学校文化氛围的形成与发展有赖于物质环境和精神氛围。其中精神氛围作用甚大,包括:严格的规章制度、完善的流程管理、"说课制"、"带教制"、"低评高聘,优质课时制"、"骨干教师形成制"等。当这一切文化要素被整合为无形的精神氛围时,每一位教师都成了活生生的执行制度的模范,他们对新教师产生了强大的示范作用。物质环境则是通过校园干净、整洁、精致的面貌对新教师产生无形的感染作用。学校的精神氛围更是有着共同愿景、在合作中竞争、推崇自我超越为特征的。这样的氛围在潜移默化中影响着入职教师,激励他们学会竞争与合作,懂得关爱,奋发向上。

(三)带教制

这是学校针对新任教师校本培训的传统做法,主要目的在于使新任教师尽快由实习教师转变为正式教师,具备基本的教育教学技能,适应学校的工作环境和节奏,在工作中能够自觉地按照学校的工作标准来要求自己。

从带教者的不同来划分,"带教制"主要有两种形式:一种是师傅带教,一种是同龄人带教。学校的"师傅"是经过严格选拔的,由骨干教师组成的"两好一强"队伍,即政治思想素质好、教育教学业务好与培养青年教师意识强。在师徒建立结对带教关系后,师傅在带教过程中至少要完成"传、帮、推"三方面任务。"传"就是要向青年教师传办学思想,传"争创一流"的教风,使"具备国际意识、有教养的、有竞争力的国际型人才"的培养目标，"让世界走进学校，让学校走向世界"的办学宗旨深入青年教师的心中。"帮"就是帮青年教师以学论教，学习课程标准，钻研学科教材，设计教学过程，选择教学方法，优化教学手段，提高教育教学效率。"推"就是推学有成效的青年教师，参与校、区、市教育教学展示活动，让他们逐渐被学生、家长与社会所接受。实践证明，"师傅"带教只有给"徒弟"提供实质性的、连续的支持才能富有成效。而经过几年的努力，学校的"师徒带教"已经形成了一套严格、规范的管理制度，为带教的有效性奠定了坚实基础，初步形成了结对拜师定时化、师徒活动经常化、奖励惩罚制度化的局面。"结对拜师定时化"指的是每年新入职教师与带教教师结成师徒对子，举行隆重的拜师仪式，颁发学校带教证书。"师徒活动经常化"指的是每年定时审阅带教结对青年教师之教案，并及时予以反馈，要求徒弟修正后方可进教室执教；隔周师徒各听课一节，师傅耐心地教，徒弟虚心地学，并做好听课笔记；每学期最后一个月，徒弟上一节汇报课，由校青年教师带教工作考评小组做出带教鉴定。"奖励惩罚制度化"指的是根据带教教师承担的任务，给予工作量补贴，如不履行本制度者下月扣除其课时补贴；根据带教的成效，给予学期带教奖励与徒弟学习奖励。

　　与其他学校相比，我校"带教制"的特点是师徒结对带教的时间不是在开学之后，而是在开学之前的暑期就开始了。师徒利用假期，备课、说课，分析教学目标、确定教学重点和难点。其一般过程是：先由新教师独立写出教案第一稿，然后给师傅审阅。师傅提出修改意见后，徒弟再写出第二稿。到暑期后开学上课前，师徒再次把教案拿出来讨论，并将讨论结果记录下来作为第三稿。课后，师徒还要讨论上课的成功和失败之处，然后，新教师把这几次教案中的优点进行汇总，撰写出最理想的一份教案。经过无数次的"摸爬滚打"、"精雕细凿"，新教师对教学常规和学校规范的理解不仅仅停留在书面的文本上，而且内化成为自觉的行动。

　　此外，学校的"带教制"中还有同龄人带教的方式。实际上这种方式不是期望同龄人"教"给新任教师什么，而更多地是为新任教师和刚度过教师初任期不久的青年教师搭建交流的平台。其一般过程是：大约在初任教师入职的一年内，学校要举行至少3次这样的交流、见面会：新教师入职前的暑假、第一学期期末和第一学年末。这样的安排对新教师颇具吸引力，因为年轻人之间更易于沟通。如一位新教师在入职前的暑期见面会后，道出了自己的心声："我了解了她们从跨进世界外国语小学大门一直到今天成为一名出色的教师的成长历程，她们也有过挫折，有过困难，但她们走过来了，我从她们身上学到了许多一个新人踏上工作岗位所要注意和学习的东西。"对新教师而言，她们的同龄人俨然成了最有说服力的榜样。

　　诚然，以上几种做法并非"入职期"教师所特有的，在"入职期"以后同样也还有带教制。按照学校有关带教制的规定，带教不是一次性的，而是分为相互衔接的三个阶段：第一阶段是带教见习教师，目标是经过一年的带教，使新任教师100%如期或提前转正为正式教师，这一阶段是真正意义上的"带教"。第二阶段是带教转正教师,目标是再经过两年的带教,使他们中的绝大多数能胜任教育教学工作,并崭露头角,由于这一阶段的教师已经是有经验教师,关键是完成向成熟教师的转变,所以这一阶段的带教具有"帮教"性质。第三阶段是带教有培养前途的青年教师,目标是再经过两年的带教,使他们成为区、市级青年骨干教师,这一阶段的教师各方面都相对成熟,关键是促进他们的业务能力精益求精,使其成为"品牌"教师,所以这一阶段的带教具有"导师制"的性质。也就是说,带教制在入职期之后,仍然有一个持续发展的过程。

的确,上述几种做法非"初任期"所特有,但这几方面的确是新任教师初任阶段专业发展所必需的,它们确实是教师专业发展的必要开端。正是认识到这一点,所以我们才特别重视初任期教师的培训,以帮助初任教师尽快地度过"自我关注"的时期。

三、有经验教师的专业发展策略

与"初任教师"的专业发展需求相对集中、共性较多相比,5～10 年教龄段的教师表现出专业发展需求上的差异,一般来说这种需求差异随着教龄的增加而增加。从学校发展来看,为了促进教师的良好发展,应正视、承认甚至鼓励需求差异,以帮助教师朝着个别化的方向发展,形成教师自己独特的教育教学风格。在教师稳定成长期,学校促进教师发展的主要任务就是不断激励教师,为他们沿着既定的发展轨迹创造机会和条件,并帮助他们确定自己的专业发展轨迹及未来的发展方向,鼓励他们自觉地朝着发展目标前进。在稳定成长期,学校主要采用丰富多元的培训形式,具体体现在以下三个方面:

(一) 鞭策促发展

"鞭策促发展"体现为教师专业发展的激励机制,为此,学校制定了一系列措施,以实现对教师发展的奖励驱动、任务驱动。

这些措施有:"骏马奖"评比活动、"论文大家评"、"金爱心评比"、"校先进评比"、"低评高聘、优质课时评定"、"考核单项奖"等。"骏马奖"评比活动要求 35 岁以下青年教师人人参加。"论文大家评"要求每位教师每年必须写一篇选题源于自己教育教学实践的论文,每年评选一次,在全校交流并汇编成册。"金爱心评比"为两年一次,评出 10 名校"金爱心"教师。"校先进评比"也为两年一次。"低评高聘、优质课时评定"则由本人申请,专家组评课、全面考核,校务委员会审定后公示。"考核单项奖"包括了"政治学习奖"、"全勤奖"、"育人奖"、"师德奖"、"科研奖"、"爱护公物奖"、"护导奖"、"节约奖"。所有这些措施既使教师感到了压力,又明确了自己的前进方向。

同时,从学校层面到年级组、教研组层面以及具体到每个教师,无论是常规活动还是专项活动,每项活动都承担有明确的任务。如每年的迎新活动,各年级主题虽然不同,但学校明确规定活动由年级组内的全体教师负责。于是,全体教师想方设法设计、准备、组织本次活动。尽管迎新活动年年有,但不断翻新的任务激励着教师不断地去思考、探索,所以活动"花样"年年翻新,教师在这一过程中也得到了成长。又如,2003年4月学校承办了"小学外语教学国际论坛",组织接待、开课和特色实践活动任务虽十分繁重,但学校把各项任务分别分配到年级组、教研组,使他们分工合作,各项活动开展得井然有序,特别是英语特色活动令人耳目一新,受到与会专家、学者的称赞。

(二) 专家领思想

"专家领思想"指的是为教师提供深层次的理论指导,引发教师反思,帮助教师获得对习以为常教育教学行为或现象的较为深刻的认识,积累、拓展教育实践智慧,逐渐形成自己独特的教育教学风格。对稳定成长阶段的教师而言,他们不再停留在学习某些特定的教学技能技巧等"雕虫小技"上,而是更加渴望得到教育理论的指导和提升。

首先,学校鼓励教师参加提高教师整体理论水平的各种培训和学历进修活动。学校每年还会选派部分优秀教师到英国、加拿大、美国和澳大利亚等国家进修学习。而对参加学历进修的教师则提供排课等多方面的便利条件。此外,学校还会优先安排优秀教师参加市内、国内的教育教学交流活动。

其次,学校每年都会请大学和研究机构的教育专家来校作报告,透析教育改革和发展趋势。另外,学校要给教师布置"家庭作业",列出假期必读的书目清单,要求教师阅读后写出读书笔记、读书小结,以便在开学后进行交流。

再次,为了促使教师更主动自觉地学习理论,促进自我发展,学校结合每年一度的"论文大家评"活动,鼓励教师申报校级课题,争取做到每个教研组都有课题,每位教师都参与课题研究。而教师的年度论文或结题报告则一般请大学教师或教研员审阅、指导与修改,并提出书面修改建议和评语。

(三) 质量明责任

"质量明责任"指的是教师在自身获得专业发展的同时,明确推动学校发展过程中应有的责任。因此,学校要求教师对全体学生全面负责,牢记"一切为了学生,为了一切学生,为学生的一切"的准则,使质量意识深入到每个教师的心中,并将质量管理常态化。学校把优质完成义务教育阶段各项指标,育有教养、有竞争力的国际型人才的教育质量标准明确地告诉每一位教师,并不断强化,促使每一位教师都朝着这个目标努力。

同时,在明确目标的基础上,学校还采取了一系列切实措施确保责任到人。如"天天清"、"周周清"、"段段清",这些措施要求学生应掌握当天的学习内容、通过每周的综合应用练习和单元练习,未完全掌握者或未达标者,教师要进行分层辅导、个别辅导,保证每个学生达标。另外,期中期末考卷由学校统一命题,以流水作业的方式批阅试卷,而后进行全校性的质量分析。针对试卷中所反映出的普遍性问题,则要对教师进行集体"补课"。学校的质量监控成了引导教师自我规范、自我约束的重要措施。

四、成熟教师的专业发展策略

成熟教师已具备了丰富的教学经验,并显现出了独特的教学风格。部分教师有可能就此裹足不前,成了我们常说的"教书匠",部分教师有可能通过进一步的探索和研究,成为学科教学专家。在学校的教师队伍中,同样存在这样的情况,只是界限并不那么明显。鉴于学校10年以上教龄段的教师在专业发展特点上与5~10年教龄段教师相似,适用于5~10年教龄段教师的策略同样也适用于10年以上教龄段的教师。只是为了激励这一阶段的教师走出职业倦怠期,学校一方面实行"导师制",由他(她)带教年轻教师,在带教中相互学习、交流、反思,成为名副其实的"导师",以实现"专家教师"的自我价值。另一方面,学校吸纳"成熟教师"参与学校重大科研课题研究(如国家级课题、上海市级课题、校本课程标准、校本课程的编写等),使之边教学、边研究,不断超越自我,逐步成为学者型教师。

总的说来,学校三个阶段教师的特点及相应的专业发展策略如表4.1所示。

表4.1　与教师职业生涯阶段相应的个别化发展策略

生涯阶段	"关注"特征 (自我、任务、学生关注)	专业需求	促进策略
初任教师	对"自我"、"任务"、"学生"同时予以关注,关注程度差异不大;随着教龄的增长,三种关注的水平在逐年上升,对"自我"的关注一直维持在较高水平,对"学生"的关注水平上升最快。	需要丰富教育、教学经验,包括常规教学技能、基本的教材理解能力; 需要松紧适度的教学环境; 倾向于"师徒带教"的培训模式。	暑期岗前培训; 打造学校特有的文化,以促进教师发展;带教制。
有经验教师	对"自我"、"任务"、"学生"同时予以关注,关注程度差异较大;随着教龄的增长,三种关注的水平变化不明显,但表现出逐渐偏向于学生关注。	需要进修学习的机会,对进修内容没有特定要求; 倾向于研讨班式培训模式,愿意采用集中学习的方式。	提供深造学习的机会; 专家领思想; 搭舞台展示自我; 压担子,多出成绩。

（续表）

生涯阶段	"关注"特征 （自我、任务、学生关注）	专业需求	促进策略
成熟教师	对"自我"、"任务"、"学生"同时予以关注，关注程度差异不大；对学生的关注程度相当高。	需要进修学习的机会，对进修内容没有特定要求；倾向于校内教研活动的培训模式，对导师式、研讨班等多种模式相结合的形式也很认同。	带教徒弟促自身；教学评比促发展；科研要求促提高。

第五章　与教研组活动相应的个别化策略

　　教研组是组织和实施学科教研活动的主要单位,教研组的教研活动对于全校教师的专业发展、探讨教学过程中的基本问题、确立科研意识以及鼓励教师的个人发展都起着重要的作用。学校把同一学科的教师组织在一起构成教研大组,在教研大组内,教师相互学习、共同探讨教学问题。为加强教研组的建设,更好地促进教师的专业发展,学校对教研组的功能进行了扩充,同时还根据各个教研组的特点,采取针对性的发展策略。

一、教研组的功能与活动

　　经过长期探索,学校的教研组形成了以下主要功能:

(一) 教研组是教师个人与集体备课的场所

　　为了使教学能够有序、有效地进行,教师在上课之前必须进行认真的备课,备课是上课的前提。教师的备课一般包括个人和集体备课两种,个人备课是指教师为了完成个人所承担的教学任务而对教材、学生的学习、教学方法等各个方面进行深入细致的准备过程,以使教学能在良好的状态下进行。随着对学生主体性认识的加强,以学生发展为本的思想已成为一切教育教学活动的出发点,许多教育教学问题单单依靠教师个人的力量是不够的,还需要教师集体的智慧和力量,来共同钻研教育教学问题。因此,以教研组为基本单位的集体备课制度就显得尤为重要。学校在以教研组为单位的集体备课中,集中探索以下几个基本问题。

1. 钻研教材

　　包括钻研课程标准和教材,阅读有关教学参考书等。通过钻研课程标准,可以了解教学的目的,掌握教材体系、基本内容等,使教师能够统观全局,抓住主线。为了掌握教材,教师还阅读有关参考资料,不断积累。

2. 了解学生

　　即教学要“以学生发展为本”,了解他们对某学科有关知识、技能的掌握情况,了解他们的学习兴趣和学习态度,了解他们的思维特点、自学能力和学习习惯等。在了解学生的基础上,预测他们在学习新教材中可能出现的问题,拟定相应的教学措施,以保证学生比较顺利地掌握教材。学校根据“以学生发展为本”的思想,在教师的集体备课中,力图使学生成为“自主的学习者”。

3. 组织教材和选择教学策略、方法

即在组织教材时做到条理清楚,层次分明,逻辑严谨,重点突出,观点明确,论据充分,难易适度,详略得当。同时根据具体的学科性质、教学任务以及教材的特点,选择合适的教学策略、方法。

教学策略是在一定的教学思想指导下实现教学任务和教学目的的措施,它可以使教师在教学目标的指引下有效地控制教学的过程,动态地监控教学目标的实现。学校的各个教研组根据各自学科的特点,在课堂教学中建立了一套以学生学会如何学习为定向的教学策略。如揭示思维过程的教学策略、培养合作意识的教学策略、养成学生自我总结学习规律的教学策略等等。这套教学策略对于学校教学质量的稳定提高起着重要的作用。

教学方法是教学过程中最活跃的因素,只有教师善教,学生才能善学、乐学,最大限度满足学生的学习需求,促进学生的发展。例如,在英语教学中,根据"功能——结构"教学的思想及"Joy of Learning"教材的特点,英语教研组共同探索出了一套以发展学生交际能力为基本线索的教学方法,如角色扮演、TPR(即"Total Physical Response",指的是调动学生的全部感官和肢体,以主动的姿态投入到教学活动中)。

为了将上述策略和方法应用到教学中,变成教师自觉的教学行为,学校在各教研组中实行"说课制"。所谓"说课制"就是在教研组集体备课活动中,轮流要求每位教师就自己所备的单元教学中的教学目标、教材内容的特点、教学方法和策略、教学过程的展开情况及素质教育思想观念的贯彻情况等方面进行自我解剖,并由其他教师进行评说,从而提高教师分析教材、驾驭教学的能力,形成具有自身教学特色的"教案集"和"练习集",不断积累"以学生发展为本"的教学素养。

(二)教研组是交流教学思想的论坛

上海市目前正在进行的二期课程改革提出了"以学生发展为本"的素质教育课程理念与目标,要求课程教学改革必须转变过去学生被动接受的学习方式,培养他们的综合学力。为此,我们要求教师必须转变陈旧的观念,即由重"知识传授"转变为重视学生的"全面发展";由重教学的"结果"转变为教学的"结果"与"过程"并重;由重视"教"转变为重视学生的"学";由重视"模式化"的教学转变为重视教学的"层次化"、"个性化";由重视教学的"对答"转变为重视教学的"对话"等。我们知道,教师教学思想观念的转变不是一蹴而就的,为了贯彻、落实二期课改的要求,学校阶段性地提出教育、教学实践中存在的一些共性问题,让教师针对这些问题各抒己见。在对这些问题做批判性分析的基础上,逐渐把教师的教学思想观念统一到素质教育的思想观念上来。经过长期努力,学校教师逐渐树立了以下教学思想观念。

1. 主体性思想

即要求确立"心中有学生"的思想,让教学的重心由过去的"教"回归到学生的

"学",树立"以学论教"的观念;在教师和学生之间建立起一种民主、平等的关系;在教学过程中明确学生的"学"是教学的中心,教师的职责在于"引路"而不是"包办",这样教师在教学过程中就可以吸引学生积极参与到教学过程中来,以极大的热情投入到学习中去,产生积极、愉快的情感体验,使师生关系始终维持在和睦、民主的水准上。

2. 揭示思维过程的思想

即在教学活动中,重视学生在思维方式和思维观念上的进步与突破,把传授知识的过程和教师的引导下学生积极、主动地探索知识的过程有效地结合起来,启发学生积极思考,大胆推测,学会批判性、创造性地思考。

3. 整体优化的思想

即让教师明确教学是由教师、学生和教材等要素组成的复杂的教学系统,这些要素相互影响、相互依存,共存于教学这个系统中。教师所使用的教学方法、教学手段、所选的教学内容等在动态的教学过程中也是相互联系的,也都深刻影响着学生的学习。

4. 合作化思想

在科学技术飞速发展的今天,世界已融合为一个关联密切的整体,随着社会的进一步发展,学会如何与他人共事,就显得尤为重要,这就要求学生从小具备与他人共事同处、协作共享的能力。因此,在教学过程中,教师在"以学生为主体"思想的指导下,首先致力于师生关系的改善,将师生关系建立在教师对学生的爱、关怀和尊重的基础上,把学生看成是志同道合者来共同组织教学过程。其次,教师在学习任务的安排上由个体化向合作化转变,在学生之间形成平等、和谐的合作关系。

教学思想观念只有切实转化为教师的教学行为才能给学生带来真正的影响。为了促进这种转化,学校倡导教师对自己的教学思想观念进行有效的表述和反思,由于反思往往需要教师之间通过合作来完成,这样教研组就成了教师反思自身教学行为的最佳场所。在反思的过程中,教师之间能对教学经验,特别是问题性经验作批判性的分析,这样教师就能主动地将与教学行为有关的因素纳入到教学过程中来,重申自己教学中所依据的思想,并积极寻找新思想与新策略来解决所面临的问题。在经过较长时间的反思后,教师就会成为一个自觉的反思者。学校教师经过反思之后,逐渐在以下几个方面达成共识:

1. 师生共知教学目标

即在课堂教学展开之始,教师不仅对自己的教学所达到的目标要明确、清晰,而且也要使学生对本教学的目的、要求了如指掌,牢固地树立起有意义的学习心向,在教师的"教"和学生的"学"之间建立有效的联系,提高教学质量。

2. 人人参与

即着眼于每一个学生的发展,课堂教学目标指向每一个学生,使每个学生都以学习主人翁的姿态来参与教学活动,并且要求学生在课堂上至少要有一次自我表现的机会,或提出问题,或发表不同的意见,或提出自己的想法等等。

3. 师生活动比例合理

教学是由教师的"教"和学生的"学"共同组织的活动,为了使教师能将"心中有学生"的思想付诸行动,对师生活动的比例予以量化,即在一堂课的教学中,教师与学生的活动比例基本上要达到 1:2。

4. 课内布置练习不拖堂

教师要养成紧凑的教学习惯。布置练习时一般由教师口述,学生听记,并且只口述一次不再重复,使学生养成悉心听讲的学习习惯。

（三）　教研组是科学研究的基地

教师成为课程开发者、教学研究者已越来越成为角色的发展方向。应这种要求,学校在依托教研组培养教师的科研能力方面,主要采取了以下策略:

1. 确立子课题

教研组也是科学研究的基础组织。学校除要求教师承担总课题"培养有教养的、有竞争力的、国际型人才的基础素质"下的子课题外,还要求教师以教研组为单位,选择一个共同感兴趣的课题在科研人员的指导下进行研究。各教研组根据学校提出的总课题,按照各自的实际情况,根据学科特点,确立与总课题相吻合的子课题,使学校"培养国际型人才基础素质"的目标始终能在优化、高效的状态下进行。如语文、数学教研组确立了"以学生学会学习为定向的教与学策略研究"的课题,英语教研组确立了"着眼于交往功能的英语教学研究"的课题,德育教研组确立了"育'有教养之人'的德育新模式"的课题,计算机教研组则确立了"旨在发展思维能力的计算机教学研究"的课题等。这些科研课题紧扣总课题目标,又符合各自教研组学科的特点。以教研组为单位的课题研究,大大强化了教师"以科研带动教学质量全面提高"的意识。

2. 开展行动研究

行动研究是指教师运用教育理论去研究本校本班的实际情况,解决日常问题,从而不断改进教学工作的一种教育研究方法,具有将"研究"和"实践"有机结合的特点,能在较短的时间内促进教育教学质量的提高。学校除要求各教研组承担总课题下的子课题外,还要求各教研组选择一个共同感兴趣的课题进行研究,然后由教师分头进行资料搜集、组织、表述问题、得出结论等工作,从实践中把握教育研究的精髓。学校从创办至今,除学校的总课题和子课题外,各教研组累积共有 10 多项学校范围内的研究课题,如:德育教研组的"小学德育回归于生活的探究"等,语文教研组的"作文批改中的'三读者制'"、"激发课外阅读兴趣的'文摘卡'研究"等,英语教研组的"结构——功能"英语教学探究、"英语小班化教学研究"、"英语教学中的分类辅导"、"体态语在英语教学中的作用"等,数学教研组的"小学数学教学中的探究性教学研究"等,计算机教研组的"Logo 教学方法的比较研究"等。

在开展行动研究的过程中,学校还注重专家的介入。学校组织由教师、学校行政人员和大学研究人员三方组成的研究协作组,注重教师与在某一领域有专长的大学科研人员的联合,共同参与研究,并在研究过程中不断运用"计划——行动——考察——反思"的方法,吸引教师探究研究需要得到改善的教学领域,促使教师在较短的时期内成为教学的"多面手",以更好地促进学生的发展。

以教研组为单位的行动研究调动了教师参与课题研究的积极性,使教师能思考他们在单独工作时容易想得到的用于改善教学问题的措施,同时也加深了与同事的密切协作关系。

3. 上研究课

教师的教学行为是通过课堂教学表现出来的,课堂教学是教师综合素质的表现。因此,学校建立了研究课制度,定期邀请有关专家、学生家长、校外人士等来校听课,就教师的课堂行为表现进行评说。研究课并不是教师的个人行为,而是教研组的集体行为,它对于诊断教学中存在的问题、制定相应的矫正措施、开展行动研究,具有重要的作用。

在具体实施研究课时,我们要求每个教研组根据遇到的普遍的教学难题,确定不同的研究主题。在确定了研究主题后,我们往往采取"个人负责+同伴互助+专家引领"的方式来开展。例如,语文教研组的老师感到,在3~5年级的语文教学中,作文教学是大家普遍认为的一个难题。为了解决这个难点,他们决定2004~2005学年下半年研究课的主题就是"作文教学"。语文教研组的大组长L1老师制定了一份详细的作文研究课计划,3~5年级的每位语文教师在该学期都要上一堂作文教学研究课,由校外专家W1老师和本校所有3~5年级的语文教师参加。在备课时,以上课教师为主,其他教师献计献策;在课结束时,校外专家和所有3~5年级的语文教师进行畅所欲言的评课。在评课时,首先由上课老师向大家说明设计这堂课的目的和想法、自我反思这堂课的长处和不足;然后大家畅谈自己对这堂课的看法,最后由W1老师做总结和点评。评课后,下一位要上同一年级其他班级同一作文课的教师,在前一位教师作文教学的经验教训以及大家评课意见的基础上,根据本班学生的特点和自己的教学风格,再备课、上课、评课,下一位教师再跟进……循环往复,一直持续下去。

下面是一个有关作文教学的研究课实例。L2老师给四年级二班的学生上了一堂"我的好_____"的作文课,课后,语文教研组的有关教师就这堂课进行了开诚布公的评课,L2老师综合各位老师的意见和自己的心得体会,对这堂作文课进行了重新设计和完善;然后,由要给同一年级其他班级上同一主题作文课的老师在L2老师上课、评课的基础上,重新进行了备课、上课和评课。

《我的好_____》

(作文教学研究课)

一、教学设计思路

《我的好____》是一篇半命题作文。这是一篇写人的文章,训练的重点是通过一件具体的事例赞扬身边的熟悉的人身上的优点。基于此,我在备课时进行了如下的思考与设计。

1. 唤醒

学生写熟悉的人是有话可写的,但是写起来内容容易泛化,只是叙述事实,介绍故事,融入不进真情实感。因此首先要对学生的情感进行唤醒。为了让学生平静的心激起点点浪花,课前我精心准备了一些反映生活场景的图片。这些图片有的是教师忘我工作的,有的是父母孝敬老人的,有的是节约用水的,有的是爱护环境的,有的是捐款献爱心的,有的是热心助人的……我试图唤起学生尘封的记忆,想起生活中总有一些人,他们所做的事是令人感动的,他们给别人带来关爱,带去温暖,使这个世界变得温馨而美好。我让学生先静静地观察图片,看看有没有似曾相识的感觉,接着联系自己已有的生活体验,把画面中的情景变成生活中的记忆,说说曾经拥有的感动。

2. 审题

在学生充分感受身边的人的闪光点以后,出示教材作文的题目,引导学生认识到这是一篇写自己所熟悉的人的作文。题目中的"好"字是题眼,可以通过一个具体的事例来表现一个人的好思想、好品质。让学生根据自己的表达需要,确定作文题目。教师将学生要写的人进行分类:要写的人可以是老师、亲人、朋友、邻居等等身边的熟悉的人。让学生讨论反映一个人的好思想、好品质可以从这样一些方面进行:爱护环境、热爱劳动、孝敬老人、忘我工作、助人为乐、勤俭节约、奉献爱心、关心他人等等。让学生用三种句式中的任意一种写下文章的主题:1. 我有一个好____,他(她)是一个____的人。2. 提起我的____,人人都夸他(她)是一个____的人。3. 我的____是一个____的人。

3. 指导

作文指导课上应该有两个目标:一是要让学生知道写什么。"写什么",重在引导学生打开写作的面;二是引导学生怎么写。"怎么写"即教给学生写作的方法,指导学生学会写。课堂时间有限,让学生在 40 分钟内当堂完成一篇质量较高的作文不太切合实际。因此,精心设计片段练习至关重要。

这篇作文的重点是把人物所做的事写具体。把事情写具体就是要把人物在整个事件中的语言、动作、神态写具体。为此,我准备在课堂上创设一个情境,为学生提供练笔的情境:正在上课期间,一个调皮的学生乔突然大叫一声,打破了课堂的平静,在同学们七嘴八舌指责他时,他的同桌茚细心观察,发现了乔的异样,告诉老师乔脸色苍白,可能生病了,主动要求把乔送去医务室。

学生表演完,让学生说一说刚才发生的事情,说说事情中同学的语言、茚的语言、动作、神态,把茚对同学的关心说具体。在充分说的基础上让学生写下茚关心乔的片段。老师随机进行指导,学生写好后进行小组交流,互相读一读,互相修改完善。

4. 总结

写人的作文要通过具体的事例来写,在写的过程中要抓住人物的语言、动作、神态或别人对他的评价写具体。选择真实的事例,写一个最令自己感动的人,写出真情实感。

二、实际教学过程

在实际课堂教学活动中,事情并不完全像 L2 老师课前预设的那样,发生了一些变化。在课的前半部分——"唤醒"和"审题"部分,L2 老师严格执行了教案,学生的写作面的确被打开了,学生有了写作素材,并且都是一些真实的、鲜活的真人真事。然而,当随着乔同学"哇——"的一声的课堂创设情境表演开始(这个表演是同学们和在座的老师事先所不知道的),整个教室里便炸开了锅。有的同学在猜测这是真是假,有的同学已开始指责乔同学故意扰乱课堂……L2 老师看到自己精心创设的情境被学生识破了,也许是担心学生写不出真情实感来,也许是害怕误导学生在以后的作文教学中写一些不真实的事情,也可能是害怕学生的作文会千人一面……她没有及时引导学生把自己所看到的、所听到的、真实所想的写具体,而是让学生撇开此情境,自选素材。至于如何写具体,L2 老师只是粗线条、简单地告诉学生要写清楚人物的语言、动作、神态。在学生进行了 10 分钟的写作之后,开始了交流。在学生读自己所写的文章时发现,学生选取的题材各异,可是本节课的教学重点"怎么把人或事写具体"没有得到落实,缺乏细化的指导,因此"把事情写具体"的教学目标没有实现。

三、课后的研讨

在语文教研组长 L1 老师的主持下,在教研员 W1 老师的引领下,3~5 年级的语文老师就这堂课进行了热烈的讨论。L2 老师首先就这堂课的设计思路和优劣得失谈了自己的想法。接下来,每位老师都对这堂课的优点、不足以及自己改进的想法发表了意见。

在座的老师充分肯定了 L2 老师在用图片唤醒学生的生活记忆、从而打开写作面的做法,但对这节课的不足也是毫不避讳。这节课的不足正像 L2 老师自我反省的那样,对创设的情境没能做到机智、灵活地运用,对学生的课堂练笔缺乏具体的指导。L2 老师完全可以引导学生把整个事件发生过程中所看到的、所听到的、所想到的写具体的,同样可以达到把事情写具体的目标。老师一致认为,对三、四年级的学生来说,如何把事情写具体是个重点、难点。这一阶段的学生大多只会平铺直叙地叙述,还不知道什么是描写;所写的作文中只有观察,没有自己。为解决这个难点问题,老师还开动脑筋,集思广益。有老师建议,作文前要加强相关范文的学习,即把阅读和作文结合起来;有老师建议,作文素材的选择至关重要,一定要指导学生加强素材的积累和选择;有老师建议说,可以把学生的习作范文用投影显示出来,让大家真正体验什么是把事情写具体;有老师总结说,把事情写具体就是要求"写的作文能够给最蹩脚的演员去演"。此外,在座的老师还指出了这节课的其他不足,如对四年级的学生来说,本节课中的给出作文开头做法不符合学生的特点。有老师还提出了完善本节课的其他一些想法,如让学生课前自己收集图片、自己画画等。

四、改进教学的思考

L2 老师吸取了专家和老师的意见之后,进行了认真的反思,初步形成了以下几点认识。

1. 预设决定成败

设计教学时要将教学过程中可能出现的状况预设完善,尽可能避免课堂上临时的调整与改变,临时的变动也许会给课堂注入活力,但是有时可能完成不了教学目标,临时的调整比起经过思考的预设更可能成为课堂的败笔。

2. 细化造就方法

无论从长期效应还是短期效应来看,作文课上的细化的指导是必须,也是必要的。任何的学习都有一个从量变到质变的过程,方法要靠方法来引导,学习作文的初级阶段还是应该以"扶"为主,要让学生会写,首先要细致地指导,细化的指导就是给学生提供生动形象的范例,形象化的东西最容易为小学生接受。所以作文教学粗放不得,学生不得法,作文水平就上不去,作文热情也会降低。

3. 细节决定质量

作文教学中突破重点的细节把握要准,处理时极须用心,稍一疏忽,功亏一篑,细节处理得好,就是帮助学生插上翅膀,学习的质量会更高。

4. 过程成就结果

如果教师对学生的每一次作文都扎实地进行指导,学生在训练的过程中,自然会积累经验,形成技能,当过程是完美的时候,结果往往是辉煌的。

通过长期开展作文研究课,学校语文教师的作文教学水平不断得到提高,涌现出了一大批优秀教师和作文教学范例,当然,学生的作文水平也得到了逐步提高。下面是 X1 老师关于作文评讲课的实践与反思。

"作文评讲课的实践与反思"

一、背景

本学期,学校三、四、五年级全体语文教师进行了作文课的研究。一直以来,作文课被所有的语文教师认为是一根难啃的"骨头",很多人都不愿意去尝试,因为作文课的教学过程带有许多的未知因素,学生的课堂反应是教师在备课时无法预测的。然而在所有语文教师的共同努力下,教研员 W1 老师的亲自帮助下,校领导的关怀下,本学期的作文研究取得了一定的成效。

《成功了》这堂作文点评课也是作文研究中的一部分。众所周知,原先的作文点评课,老师往往挑选出一两篇优秀作文,对其中的谋篇布局、好词好句及文章内容进行点评。随后请孩子进行范读并表扬一番。我们并不否认这样的点评课可以给学生提供一些好的范文,并从中学到一些写作方法,然而,我们不难看出在这样的点评课中,涉及到孩子只有很少的一部分,而其他孩子则都是听众。这样一来学生常常会感到很无聊,当老师讲评时也很少有反馈,讲评效果甚微。

因此,我们设想是否能将作文讲评课上成大表扬课,表扬每一个孩子的习作。哪怕只是一个词语、一句话,只要他们写得好都可以受到表扬。这样可以让孩子在活动中体会收获的喜悦,培养他们对作文的兴趣,并在讲评过程中渗透写作方法,让学生在快乐中学会写作、喜欢写作。

二、课前准备——开拓思路,精心选材

1. 用照相机捕捉成功的足迹

在课前,我布置给学生一个作业,就是让他们用手中的照相机从不同的角度,到不同的地方去捕捉成功的足迹。这些照片中的主人公可以是自己,可以是家人,可以是邻居,甚至是路上的陌生人……只要有成功的事情,都可以用相机把那一瞬间拍摄下来。

这样的活动是为了让学生打开思路,作为一个任务驱动激发学生寻找作文素材的兴趣。事实上,孩子们都饶有兴致地完成了这一任务。他们纷纷走出家门,捕捉成功的瞬间。如:我班的王田在小区的健身活动区发现一个四岁左右的小男孩正在艰难地爬着跷跷板,他分别用了三组照片捕捉了这一过程。不仅如此,学生还积极地上网查找有关成功的资料并带到学校和其他同学一起分享。

这样的课前准备,不仅充分调动了学生学习的积极性,并且在一定程度上培养了他们独立选材的能力。为完成习作打下了扎实的基础。

2. 用习作表达成功

在进行充分选材之后,我先布置学生写出10条有关成功的事例,再告诉他们哪些事例较容易写,而哪些事例写出来比较空洞。随后,我让学生试着写一写成功的片段。随后,孩子们分别从自己、他人等不同的角度完成了三篇习作。

这样的写作过程,给学生制造了难度坡度。从句子到段落,最后才进行文章的写作。这样一来可以减少他们对作文的恐惧心理,一点一点积累直至最后成文。

3. 教师整理学生习作,完成备课

在学生完成3次习作近120篇文章后,我一一认真批改并挑出一些优秀的习作。我挑选的依据是要在习作的表达中表现成功。我将孩子们作品中好段落一一挑出,并按语言、心理、动作及结尾分成四类。接着,我将这些好的段落制作成投影,并将学生课前拍摄的照片一起放入其中。为了更好地拓展学生的知识面,我选择了一些其他人成功的照片准备在课上展示。

三、课堂实施——步步为营,点评佳作

1. 引入概念、导入主题

我在上课之前,让学生先明确成功的概念,即成功就是获得预期的效果。这样可以较为自然地引入今天这堂课的主题《成功了》。

2. 角度分离、发现成功

开始时,我出示了一系列的照片,从国家的大成功,如:申博、申奥成功,抗击非典成功等,到著名体育运动员获得各个单项上的成功,再到学生家人的成功,最后是学生自己成功的照片。我还让学生将自己制作的模型、手链、小工艺品等带到课堂中,还有他们的获奖证书,向其他同学展现他们经过努力后获得的成功。在这一过程中,每一张照片我都安排学生用一句话简单介绍"成功"。

这一环节的设置,主要是让学生打开思路,唤醒记忆,寻找成功、再现成功。大量的图片资料充分调动了学生的积极性,当他们看见自己或家人的照片出现在课堂上时,兴奋不已。此时我结合语文教学中的语言训练,让学生用简单的语言说一说自己成功的事。这样可以充分调动他们学习的积极性,达到预热的效果。

3. 解读习作、表达成功

通过师生共同合作,点评习作中的语言、心理、动作及成功后的喜悦4个部分的内容。指导学生如何将《成功了》这篇作文进行更好地完善。

（1）老师点评习作

先出示四段描写语言的文字,分别请4个小朋友来读,并告诉学生认真听清楚老师点评的语言,待会自己也要来试一试。接着,我让学生归纳这几段篇章的共性,即都是语言描写,而作者正是用这样的语言表达出他人对自己的鼓励,他人在成功中给自己的帮助与指导,有的语言甚至还可以调解父母间的小争执。我利用这个小的段落和小作者一起配合再现当时劝架的场景,小作者用生动、俏皮的语言劝架成功,也让其他同学懂得了语言在习作中的重要性。

（2）四人小组点评

在教师示范点评的基础上,我又出示了四段描写人物心理活动的文字内容,让学生试着在四人小组讨论的基础上,推选一个代表对其中的一篇进行评价。在学生讨论的过程中,都显得比较积极,有些小组还出现了不同的意见。有的认为这段好,有的认为那段好,并将其中的道理说得头头是道。随后,每组的代表都将本组的观点表达出来。例如:从"额头上不断地冒汗"、"双腿像木棒一样坚硬"等语句中可以看出作者是通过形象描写表现出自己第一次买生姜时的紧张心理。

（3）个人点评

在前两个训练的基础上,我开始试着让学生对人物的动作进行评价。在课上,学生能够畅所欲言,将自己的想法表达出来,通过每一个细小的动作可以看出成功的来之不易。例如:有一位学生用文字表现了一个小朋友爬上跷跷板的过程,前后失败了两次,最后他总结经验终于爬了上去。一系列的动词生动、形象地刻画出他的不懈努力与执著。

（4）感受成功后的快乐,学写小标题

在对语言、心理、动作评价的基础上,我告诉学生在成功之后一定会感到非常高兴,于是出示了三段描写成功后喜悦的段落。不仅如此,我还告诉学生在成功之后往往也会受到一些启示,于是我又出示了三段学生描写受到启发的段落。随后,我让学生试着为这6段话分别加一些小标题,同时也用多媒体展示一些好的范例。

这一环节的设置思想通过一系列的点评让学生学会对他人习作的评价方式。在这一过程中,为学生设置了难度的坡度,最难的语言评价由老师来做示范,随后过渡到四人小组的评价,最后才让他们个人试着对片段进行评价。接着我让学生试着为习作写一个小标题,这样不仅可以提高学生总结归纳的能力,还可以让他们充分发挥想象,将课堂气氛推向高潮。总体来说,这一部分主要以说为主,调动学生主动学习的积极性,畅所欲言,课堂气氛也一直十分热烈。

4. 佳作欣赏、提升水平

我精心为学生挑选了一篇习作《一幅名画的诞生》,想让学生通过学习试着自己在旁边圈圈画画,对文章进行点评。最后,我给学生布置了作业:修改《成功了》这篇习作。

这一环节是本堂课内容的延伸和拓展,让学生感到学以致用,将当天学到东西马上可以付诸实践,进一步巩固今天所学内容,使作文学习变得更快乐。

四、课后总结——收获成功,反思不足

我在这次作文点评课前做了大量的准备工作,收集学生拍摄的照片,整理归纳学生习作。虽然在实施过程中还有许多遗憾,但是我也从中收获了很多。

1. 收获成功

这次的作文讲评课我们将它定位于大表扬、大推荐,让每个学生在课堂上都有表现自己的机会。无论是他拍摄成功的照片,还是习作中的好的片段。在课堂上人人都是主角,这无疑是作文教学课的一个突破。以前往往都是一些文章写得好的学生"唱主角",而其他人都是配角。在这次课上,每个人的积极性都被充分地调动起来,不仅提高了写作的兴趣,而且也让他们感到写出好的作文并非是遥不可及的,每个人都有闪光点。因此,在课堂上,每个学生都积极投入其中,当自己的作文被印成文本发给其他小朋友朗读时,那种自豪感不言而喻。

不仅学生在课上有所收获,对于教师来说这更是一次很好的实践。虽然我在准备的过程中遇到了许多困惑,但是经过努力和不断地琢磨终于完成了教学,这对于一名新教师来说就是一次小小的成功。这堂课使我明白了作文评价课对学生的重要意义。看见学生骄傲而又自信的笑容,我感到了激励的作用。虽然说作文教学有着相当大的难度,但是通过这次的摸索与学习,我更加信心十足。因此,在今后的教学中,我将继续尝试这样新的作文教学理念,力求推陈出新,探索出一种新的教学模式,以带领学生更好地进行作文的学习。

2. 反思不足

(1) 结构梳理

通过课堂实践,我发现在开头时花费了较多的时间,连续出示的五六组照片使得整个教学显得较为拖沓。而且这次的作文课主要是作后点评,它和作前指导有着很大的区别,因此不需要花费这么多时间在打开思路上,而是应该节省时间在后面的作文讲评。如果出示照片也可以按照一定的顺序,从纵向和横向出发,将所有的资料整合在一起。

教研员 W1 老师在结构上给了我一个很好的建议,就是可以将语言、心理、动作和表达成功的喜悦整合起来。因为语言、心理是取得成功的原因,动作是取得成功的过程,而成功后的喜悦正是这件事情的结局。如果将 4 部分内容串联起来,不仅使得教学结构更加严密,还可以引导学生了解一篇习作应该是如何写具体的。

（2）语言训练

在课堂上,我要求学生根据每张照片的内容说一句话。由于学生没有很好地准备,所以交流的语言显得乏味、枯燥,表达的方式也差不多相似。其实,这是一个很好的训练点,让学生从不同的角度,不同的方式来说这些内容。在后面的点评作文时,也应该要求学生将要表达的内容说具体、清楚。

语言的训练不仅仅体现在学生身上,对于老师,在课堂上如何用简练、到位的语言来评价学生也是相当重要的。有时候,由于自己没有足够的把握,因此在对学生的评价语言中常常显得较为啰嗦。其实,有时学生已经答到的点就没有必要再去重复,我应该做的则是将他们的语言归纳、总结、提炼,使学生听得更清楚、学得更容易。

上面是我们建设教研组的一般策略,下面我们将以语文教研组、数学教研组、英语教研组和音乐教研组的发展为例,具体阐述针对不同学科教研活动的个别化专业发展促进策略。

二、语文教研组的发展策略

学校分为东西两个校区,东部校区主要是一、二年级的学生,西部校区是三到五年级的学生。在语文教研组的设置方面,我们分为两个大组,一个是低年级语文教研组,一个是高年级语文教研组。这里主要以低年级语文教研组的发展为例,论述该教研组依托带教机制,推进专业发展的策略。

低年级语文教研组基本情况

学校低年级语文教研组现有语文教师 13 人,其中 1 人为男性;学历均在大专及大专以上;目前获得小高职称为 3 人,小一职称为 4 人;有三位教师在青教评比中获奖。

学校低年级语文教研组是一支年轻的队伍。因为年轻,所以充满朝气,也因为年轻,他们相对缺乏学科教学经验。大部分新教师在踏上教学岗位之初曾感到困惑和茫然,依托学校多年实行的导师带教制度,才使他们一步一步成长起来。

（一）依托校外资源,开展带教活动

在低年级语文教研组中,青年教师居多,教龄 1～3 年的教师就占了 70%。这种年龄构成的优势在于:青年教师精力充沛、勇于竞争、不甘示弱;他们思维开放、敏捷,容易和孩子打成一片。此外,他们刚从师范院校毕业不久,具有较先进的教学理论知识等等。这些优势为个人和教研组的成长打下了良好的基础。然而,他们表现出来的劣势也是明显的,最突出的问题就是他们缺乏教学的基本技能。虽

然经过一段时间的实习后，他们能够基本熟悉这些技能，但要真正掌握并熟练运用这些技能，如教材的处理技巧，课堂的导入、结束技巧，课堂提问的技能，语言表达的技能，板书的设计，讨论的组织，课件的制作，以及审题、解题技能等并非几个月的教学实习所能完成的。因此，在实际教学中，往往会发生这样的情况：有的青年教师备课很努力，上课也很认真，但学生却不愿意听，或者听不太懂。这是因为青年教师还不真正了解学生的需要，往往从主观愿望出发，对一些学生已经懂了的知识，一味地追求细、深、透、雅，讲个没完，让学生厌烦；而对学生难以理解的知识，教师有时却自认为简单，讲得过少过粗，结果使学生得不到充分的发展。这种现象正是不善于针对学生实际来组织教材的表现，是新教师授课过程中的一个通病。

根据上海市二期课改的要求，学校从 2003 年秋季起开始试用新教材，为了促进教师尽快掌握新教材，也为了促进青年教师尽快胜任教学，学校特别聘请了区教研员 G 老师全面指导学校的语文教学。G 老师不但教育教学理念领先，而且对语文新教材理解深刻、把握准确，具有较强的新教材教学示范能力。在她的带教和指导下，青年教师在一个高起点上迅速成长。同时，学校还聘请了资深教研员 W1 老师每周到校开展听课评课活动。G 老师教学经验丰富，在教学技能上给青年教师提供了许多帮助。两位教研员通过传、帮、带，示范教学、教学经验交流等形式，帮助青年教师改进教学方法，增强教学效果，强化教书育人意识，共同扶持学校低年级语文教研组的成长。青年教师们也从两位教研员身上学到了先进的教学理念和教学方法，还深刻体会到了一名优秀教师所必须具备的学科素养和独特的人格魅力。

记得学校的青年教师 W2 在见习期间第一次上语文拼音复习课时，由于对复习课的认识过于简单，教案设计得不够严谨，教学环节松松垮垮，特别是在复习所学的汉语拼音这一环节时，教学手段十分单一，就是要求学生反复背诵声母表，结果课堂气氛十分沉闷，学生的兴趣十分低落。正在听课的 G 老师现身说法，给学生上起了复习课。G 老师走上讲台后，巧妙地对小朋友说，"游乐宫的大姐姐现在盛情邀请一年级的小朋友一起来做游戏……"然后，她设计了一系列精彩的游戏，如听音圈字找词竞赛、听音传话不走样、音节拼读争星等等。精彩的游戏顿时吸引了所有学生的目光，学生的积极性立刻被调动起来，整个课堂气氛十分活跃。这堂课让这位工作不满一年的见习教师充分领略了一位优秀教师的风采，也进一步理解了 G 老师在带教、指导时常说的话："以学生熟悉的方式，在学生熟悉的娱乐和游戏中学习知识。知识也许是枯燥的，但把枯燥的知识放在快乐的游戏和娱乐中，让学生在自己乐于接受的方式中接受知识。"G 老师用生动的课堂教学让大家认识到，要成为一名好教师就要上好每一堂课，而要上好每一堂课就要以严谨的备课为基础，同时还需要长期的实践积累。这不仅包括学科知识，也包含了个人语言能力的培养。教师要用最生动、最吸引学生的语言把每一句话送进学生的耳朵。那时，教研组的青年教师感受到了教学的魅力，他们下定决心要成为一名优秀教师。

（二） 依托校内资源，开展带教活动

学校语文教研组内的 T1 老师、D1 老师、S1 老师都是从事多年低年级语文教学的骨干教师。为了挖掘和利用校内资源，学校建立了"师徒结拜"制度，让有经验的老教师和新教师结成对子，促成新老教师互相学习，相互促进，使学校的课堂教学获得创新和发展。

这三位老教师各有自己的教学风格，都堪为教学中的典范。学校倡导新教师多听三位老教师的课，领略不同风格的教学，促进自己的专业成长。据统计，不到两年教龄的青年教师每学期听课的课节数均在 20 节以上，其他教师也在 10 节以上。新教师听师傅的课，学习师傅对教学目标的把握，对教学重点和难点的处理；师傅听徒弟的课，指导徒弟把握学和教的节奏，控制动和静的氛围。如刚走上工作岗位的 S2 老师，第一学期就听了 30 多节课，他的带教师傅也听了他 20 多节课。通过师徒互相听课，徒弟迅速适应了低年级语文教学，很快掌握了教学规范。师傅在徒弟的"频频造访"的压力下，努力把每一堂课上成示范课，同时，在与徒弟的相处中，老教师还学会了更加熟练地运用多媒体技术等。

每个新教师在经过一年的学习后，都要面向学校领导、组内教师上一堂汇报课。这堂汇报课，由徒弟自己揣摩教材、写出教案，师傅不进行指导。汇报课不但很好地检验了一年中新教师学习的情况，而且更是一次展示自我、促进自己发展的好机会。现在已有三年教龄的青年教师 W2 回忆道："虽然这堂汇报课没有平时师傅手把手教出来的课上得那么好，但这是一堂真正属于自己的课，检验我一年来学习的成果以及独立把握教材的能力。"

（三） 在教研活动中互相切磋提高

学校经常组织教师参加市、区、校的各项教研活动，对每一节公开课，教研组必然组织教师集体听课、评课。在听课时，为了捕捉老师与学生的互动表现，新教师总带上听课笔记，围坐在学生旁，观察上课教师的每一个动作、细节，学生的每一个反应。他们时而凝神细看，时而低头记录。听完课后，大家又围坐在一起交流：先由上课教师说自己的教学设计，然后由组内老师详细评课。评课人直陈得失，畅所欲言。

2004 年 2 月，学校面向全区举行了低年级语文新教材教研活动，由两年教龄的青年教师 K 执教《春雨沙沙》。教学中，教师充分尊重学生，凸显学生的主体地位。在培养学生的探究性学习意识上做了大胆的尝试。这堂课成功的背后，凝结着教研组老师的集体智慧。

在集体备课和试教过程中，教研组的老师为如何解决《春雨沙沙》这节课的难点，即如何读懂春天迷人的景色，展开了激烈的讨论。有的教师建议从看图说话引入，这样可以把学生带入春天的景色之中，可是课文中有许多较难理解的词句，如燕子"穿梭"、农民播种等无法得到有效的体现。还有一种意见认为，就让学生反

复读，书读百遍，其义自见；而另外一些教师则认为，应该在要求学生在读的同时，指导他们边读边思，培养学生的质疑能力，例如"穿梭"的意思是什么？农民和小朋友为什么要冒雨播种、植树呢？

经过反复讨论，最后大家形成共识："质疑"这一能力虽然是二年级以后才需掌握的，但现在就可以在低年级慢慢培养学生的问题意识，以便从小养成有效的阅读习惯，提高阅读质量，渐渐变得既爱读书又勤学好问。

在教研活动中，像这样的对话或是"争论"经常发生，青年教师常常会就一个教学环节的处理争得面红耳赤，正因为有了这样的氛围，才使得青年教师们在"争论"中迅速成长，而我们整个教研组的教师也在不知不觉中得到了发展。

（四）注意练好青年教师的内功

新教师积极性很高，但有时难免急于求成。有的新教师在职前学习时虽是优秀学生，可刚开始踏上教学岗位时显得无所适从。上课讲话语无伦次，课堂用语连连出错；有的新教师甚至一拿粉笔就手哆嗦，黑板字写得难以让人恭维等等。针对这些情况，教研组定期对青年教师的基本功进行指导，包括普通话、三笔字等。作为语文教师，必须具备深厚的语文功底，为此，教研组鼓励青年教师多阅读，多动笔，布置给学生的文章，自己一定要先落笔，提高文学素养，拓宽文化视野，以迎接二期课改新教材的挑战。在教研组的要求和指导下，青年教师开始勤练内功：有的拿起了搁置许久的毛笔，有的教师在教室里对着黑板一次又一次书写第二天的板书，有的对着镜子，反复操练课堂用语……一年后，S2老师惊喜地发现，自己在课堂上自信多了，对学生回答问题的点评也丰富多了，又拾回了学生时代的信心；W3老师刚劲的硬笔书法总是得到家长和孩子的连连称赞。

更可喜的是，由于青年教师自身的文化积淀厚实了，久而久之就形成了一种语文教师特有的人文气质。家长也反映说："语文教师的文学功底深厚了，他们特受学生的欢迎，我们也喜欢和这样的老师交流。"

（五）专家点评

刚走上教育岗位的青年教师往往自我感觉良好，但其实又往往眼高手低。他们自以为掌握许多理论，实际上却连最基本的教学能力还不具备。学校领导清楚地认识到了这一点，因此，对低年级语文教研组青年教师的培养就从基本功抓起。为了让青年教师的基本功有较高的起点，该校还特聘了区教育学院的两位教研员来作指导。教研员的亲身示范，让青年教师看到了自己的不足，找到了努力的方向。所以这种依托校外资源开展带教的工作是有实效的。当然，"外援"只是外因，变化的根据还在于内因。所以该校又把立足点放在校内，即通过校内的带教机制和加强教研活动，以及开展语文基本功训练，不断帮助青年教师增强内功，提升素质。

实践证明，青年教师拜师制、导师制、创设浓厚的教学氛围、逐步完善青年教师基本功等一系列青年教师培养机制,确实推动了青年教师在实践中创新,磨炼他们的工作经验和实际能力。在这种机制下,青年教师脱颖而出:S1 老师过五关斩六将,力挫群雄,获得区青教评比一等奖;W2 老师面向全市新教材试验校老师的一堂公开研究课,受到听课老师的一致好评;B1 老师执教区公开课《春雨沙沙》,初露锋芒;W3 老师飘逸的"三笔字"让家长、学生都赞不绝口;S2 老师作为一名年轻的男教师也正在低年级语文教学上逐步形成自己的风格。同时,由一年级备课组共同完成的课题——《发挥评价的激励导向功能——谈一年级语文新教材教学评价的改革实验》,刊登于《上海教育科研》上,并作为新型评价体系在全市推广。

三、数学教研组的发展策略

数学教研组基本情况

建校之初,全校只有 2 名数学老师,执教 4 个三年级平行班。现在学校共有 17 位数学老师,担负全校 37 个班级的数学教学任务。其中,担任学校中层干部工作的有 4 位;5 位数学备课组长中有 4 位是青年教师;近年来被评为区先进党员的有 2 位,被评为校先进的有 2 位,被评为学科带头人的有 1 位;在学校的"优质课时评比"中,有 11 位数学教师的课被评为优质课时,占全体教师的 75.6%。

从当前数学教研组教师的年龄结构来看,老、中、青三个年龄层次的教师都有。不过老教师和青年教师的数量均较中年教师多些。老中青三结合的队伍是一种比较合适的配备,利于工作的开展。然而,在实践中,学校数学教研组却遇到了这样的问题:学校的数学教材选用的是《现代小学数学》,这套教材观念新、更新快,适宜学生学习,但使用此套教材对教师也提出了相当高的要求。数学教研组的有些老教师,他们的教学观念相对陈旧,老经验、老方法多,新的观念少,难以适应此套教材的教学;而青年教师接受新事物快,但缺乏有效的教学经验和方法,仍然难以适应此套教材的教学。

应该看到,学校选拔的教师都是经过慎重挑选的。进学校的每一位数学教师都是很优秀的,但是如何经过相互磨合,使之成为一支优秀的队伍呢?这是学校近年来思考最多的一个问题。经过反复思考,我们确定了"以老带新"的基本策略。但是老教师的教学观念不更新,如何去带青年教师呢?那么如何更新老教师的教学观念呢?我们主要采取了以下做法。

(一)给老教师创造走出去学习的机会

《现代小学数学》教材是一套不断更新的教材,编写教材的教师每年(或每学期)都组织教学研讨会。学校每次都首先安排老教师去参加。据学校的一位老教师回忆,自进校以来,她去参加在天津、北京、杭州等地举行的数学研讨会已将近10 次了。

领会了教材的编写意图,还必须结合自己的实际在课堂教学中贯彻这些意图。为了指导教师更好地教、学生更好地学,学校每学期都会请市或区的数学教研员来给学校教师作报告,已经作过的报告内容有:"当前教学的新动向"、"二期课改与我们的任务"、"说课与反思"等。我们每次都首先确保让老教师参加。

(二)推教研组长带头上教学实践课

刚开始采用《现代小学数学》教材时,老师都没有经验。难道要穿新鞋走老路吗?肯定不能。那么,怎样带领学生去探究数学概念、数学方法呢?我们谁也没尝试过。怎么办呢?"万事开头难",谁来迈出这第一步呢?失败了怎么办?……来不及考虑这么多了,教研组长不身先士卒谁身先士卒?在学校领导的鼓励下和教研组长的主动请缨下,当时的教研组长上了一节"长方体和正方体的表面积计算"课。现在回想起来,这节课还有很多值得探讨的地方,但在当时确实使大家眼睛一亮:原来是这样来培养学生的探究能力的啊!

(三)让具有新观念的老教师当备课组长

更新了教育观念的老教师点燃了探索、优化新的课堂教学策略的热情,他们浑身有使不完的劲,个个跃跃欲试。让这样的老教师担任备课组长,把好学校的数学教学关就有了保证。由这些备课组长所安排和实施每次教研活动都深受大家的欢迎。

(四)重视对青年教师的培养

老教师观念更新后,我们就把工作的重点放在对青年教师的培养上。在每一个年级组里,我们都注意老、中、青教师的结合,意在让每位青年教师在学校都得到全方位的发展。在青年教师的培养上,我们采取的主要措施如下:

1. 开展针对青年教师的校本培训

青年教师一进校就要接受学校有计划安排的校本培训,培训内容有:了解学校发展史,"质量是学校赖以生存的生命","榜样的力量是无穷的"等,旨在让每一位青年教师一进校就找到自己学习的榜样,明确自己前进的方向,找到自己发展的道路。

数学组的青年教师一到数学组就会得到带教师傅的精心指点,从而以新的教育观念来指导自己的教学实践,并使自己的教学特长得到充分的发挥。青年教师Z1刚进校三个月,正遇上市督导组视察学校工作,市督导组的一位老专家听说Z1老师刚进校,就指名听他的课。课后,他评议道:Z1老师的课尽管在有些地方值得商榷,但他的教学观念是紧跟二期课改要求的。

2. 充分发挥青年教师的教学特长

青年教师接受新事物快,教法新,敢于大胆创新,在数学教研组的活动中,学校充分注意发挥青年教师的这些特长。在"优质课时"评比活动中,我们发现青年教师 M1 老师在培养学生"质疑"能力上很有特色,学校就马上安排她向全校数学教师上展示课,让大家都来学习她的好方法。在平时的教研活动中,我们也经常推出和展示青年教师的一些好的做法,如 W4 老师的"多媒体教学"、X1 老师的"计算题正确率高的教学方法"、C1 老师的"双语教学"……让这些身边的教师成为大家学习的榜样,同时让这些好的方法及时得到发扬。所有这些做法,更加激励了学校青年教师的创新意识。

3. 建立有效的教研工作机制

长此以往,学校的数学教研组形成了一个良好的氛围,团结、向上、不甘落后!当然,除上述措施外,我们还综合采取了"带"、"查"、"促"相结合的机制。

"带",一是指老教师指导青年教师的教学。学校专门安排了老教师 Q1 只担任一个班级的数学教学工作,她的主要任务是"带"刚进校的青年教师,这些从没上过讲台的青年教师在她的精心带教下,没过两年就在区青年教师评比中获奖。二是指老教师培养青年教师担任备课组长。Y1 老师和 Z1 老师均是外校调入学校的青年教师,来校两年后,学校就让他们在老教师带教下挑起备课组长的重担。

"查"即检查。在校长室的带领下,教研组长每学期都要检查教研组内每位教师的备课、批作业和考试的情况等,并把检查结果向校长汇报,以便校长对数学组的工作作出指导;还要把检查结果向全体数学老师汇报,使大家能根据"汇报"的结果改进自己的工作。

在检查工作中,一旦发现教师的工作有失误,学校就马上请相关教师改正,直到第二次检查通过为止。长期以来,大家已养成习惯,只要检查不通过,就会在整改后主动请求第二次检查通过。

每次考试均由校长亲自把关,试卷保管十分严格,老师与学生同时看到试卷。每次都由全校教师一起流水批改试卷,当场统计考试情况。同时教研组还针对各年级在考试中出现的问题进行原因分析。每位老师都会主动把考试看作是对自己工作的检查,对于教学中存在的问题能够做到及时反省和改正。

"促"即督促。针对教师工作中存在的共性和个性问题,我们会采用不同的方法。对于一些共性问题,我们会及时给予解决。在有一年的"优质课时评比"中,我们发现有些数学教师对一些数学概念讲授不清,于是,我们就请了资深教研员来做"概念题的教学"的专题讲座,使大家及时搞清了有关的数学概念。

对于个别教师存在的问题,我们则采用"录像"诊断的方法使其得到改正。有位青年教师在教学上存在一些问题,经带教老师反复帮助后效果仍不见好。校领导就与他商量,是否把他的课录下来,在教研活动中进行"分析、诊断"。在征得这位教师同意后,我们对他的课进行了录像,并在教研活动中进行了播放,然后让大家点评。大家在看了录像后,既肯定了他的课的优点,也指出了他的缺点,使他很愿意接受。有时刚放完录像,他自己就忍不住先说出了自己不足的地方,通过这样的分析,该青年教师的教学果然有了很大的改进。

此外,每学期,学校数学教研组的活动都有一个鲜明的主题,例如 2003 学年上学期,根据学校开展的青年教师"骏马奖"评比,教研组请市教研员做了"说课与反思"的报告。结果,在"骏马奖"评比中,学校教师的说课得到了评委老师的一致好评。

我们使用《现代小学数学》教材已有十年了,在这套教材的使用上,我们积累了不少经验。老中青三个年龄层次的教师由于所教年级不同,个人教学资历不同,所积累的教学经验也就不同。怎样做到经验、资源共享呢?学校的做法是,除了做好每一年的交接班工作以外,还把每一学期每一年级出的所有练习卷、测验卷收集在一起,当下一位老师接手这个年级时,他就会拿到这些卷子,作为自己本学期教学的参考。这样一来,既可以了解学校对该年级的教学要求,又可以作为自己本学期出卷的参考。这样的资源共享方式受到了大家的欢迎。这样的卷子几易教师之手,也就越改越精练了。教师在互相学习、借鉴中共同进步。

当我们数学组的某个年级在区监控中名列前茅时,教师们马上会想到是"资源共享"给我们带来的快乐,而不会沾沾自喜地把功劳归于自己。而当我们要去迎接区监控时,大家都会互相帮助,群策群力共同面对。今年区监控三年级,而三年级的三位教师中有一位是刚从师范大学毕业的,缺少实践经验,同年级的 W4 老师就手把手地教她怎样辅导学习有困难的学生、怎样把好质量关;X1 老师每天还请这位老师来听课,把自己用的教具、写的小黑板毫无保留地给这位老师使用,以节省她的时间,让她有更多的时间辅导学生。在大家的热情帮助下,这位新老师的两个班级取得了喜人的好成绩。

有了这样的"资源共享",老教师感到,自己有责任使这些"资源"发挥作用;青年教师感到,自己要对得起这些老教师们的成果。在一次学校的青年教师教学展示活动中,H1 老师因电脑发生故障,事先设计的多媒体课件无法展示出来,尽管她当场采取了很灵活的应对措施,结果仍不尽如人意。事后她大哭一场,午饭也不吃,大家以为她是为这次失误而惋惜,她却说:"我很难过,我对不起精心培养我的师傅。"

是啊,"以老带新",带出了一群出色的青年教师。"资源共享"使我们的教师在相处中,心贴得更近了,"不计名利、团结协作、不断提高、永远进步"成为我们数学教研组每位老师的追求。

(五) 专家点评

老教师、中年教师和青年教师各有所长,"无老不稳,无中不强,无青不活"。所以老中青三结合的年龄组成是最佳的结构。关键在于如何使老中青各自发挥优势。世外小学数学教研组的情况是,老教师和青年教师居多,因此,正确处理老教师和青年教师的关系就是一件很重要的事。学校有一套完善的师徒带教的制度,然而带教的老教师并不是十全十美,他们往往存在观念陈旧等不足,尤其是当世外采用了新教材之后,这一问题就越发明显了。在这种情况下,首要的是要更新老教师的观念,否则就不可能带好青年,所以学校为老教师创造了一系列再学习的条件。与此同时,青年教师虽有热情,也有理论基础和敢于创新的精神,但他们缺少教学经验和基本功。所以学校在请老教师带青年教师的同时,也充分发挥青年教师的教学特长,为老教师提供借鉴。老教师在带教青年教师的过程中也学习和吸收了青年教师的长处,从而得到共同提高,这就是"相长"。老教师和青年教师在互补、相长中形成了团结奋进的集体,各自积累了经验。数学教研组对这些有不同个性特色的经验进行交流,实现资源共享,把个人的"财富"变为大家共同的"财富"。正是这种"互补——相长——共享"的机制,推动着数学大组每位教师的快速成长。

四、英语教研组的发展策略

英语教研组小档案

英语教研组现有教师 17 人,其中 1 人为男性。平均年龄为 29 岁,均为大专以上学历。目前,50% 教师已达大学本科学历,其余均为本科学历在读,其中有 2 人正在攻读英语硕士班课程。

17 位教师中,有中学高级教师 1 人,小学高级教师 6 人,其余为小学一、二级教师。

教研组内拥有区级中青年骨干教师 5 人,市级骨干教师 1 人,国家级骨干教师 1 人。

伴随学校走过的十年,学校英语教研组这支年轻的队伍也从稚嫩逐渐走向成熟。学校之所以有今天的社会声誉和口碑,不仅源于学校有一个清晰的办学目标、一套科学的管理方法、一群精干的学校高层管理者,而且得益于有一支特别能战斗、能吃苦、能奉献、能创造的队伍——英语教研组。这支年轻的队伍,富有朝气,充满热情,勤奋努力,团结协作,不断进取。他们具有扎实的语言基本功,更具有一种执着、敬业的精神,他们决心为创特色、品牌学校不懈追求。可以毫不夸张地说,学校打造和培养了这支队伍,这支队伍为开创学校英语特色、培养一批又一批的优秀学生立下了汗马功劳。

(一) 在信任和压力下发展

1993 年 9 月,学校刚开办时仅有三年级的四个班,共 160 名学生。英语教师共有四名,一名刚从师范毕业,一名年过五十,两名有五年英语教学工作经历。而现在,学校共有 18 名英语教师(一名已退休),33 个班级,共 1162 名学生。一开始,学校的英语教学除了一本引进的台湾教材《Joy of Learning》之外,什么都没有:没有现成的教学方法,没有现成的备课教案可参照,也没有与教材相配的辅助媒体,连基本的图片和生字卡片都没有,更没有评价、考核的方法。毛泽东同志说过:"一张白纸,没有负担,好写最新最美的文字,好画最新最美的画图。"因而,在学校的支持下,英语组的几位老师不畏艰辛,根据教材和学校学生的特点,自己提炼创造教材教法。于是,一套套符合儿童心理年龄特点的教学方法应运而生;全英语的、高质量的教案跃然纸上;自己制作的、或学校购买的生动形象的辅助教学媒体也不断完善;没有评价考核方法,自己改革创新,大胆实践,从原先的单一笔试到现今的每学期两次的口试、笔试,既注意书面知识的考查,又注重听力理解和口头表达,注重知识能力全面化。这其中,有全组教师的相互理解和支持,有团队合作精神的支撑,也有奋发进取精神的激励。由此,他们为创建学校的特色打下了扎实的基础。

短短几年的实践,虽不能看到"桃李满天下",但可以看到"绿芽满枝头"了。学生流利的英语、优美的语音语调、较强的英语交往能力给所有前来参观的中外来宾留下了深刻的印象,学校学生的英语知识水平、英语能力、总体英语综合素质以及群体协作精神等,在全市小学生中均具较高水准。同时,短短的几年教学实践,也将英语组的教师磨砺得越来越成熟。他们开展教研活动,推行说课制,倡导资源共享,研究"结构——功能"相结合的教学方法,逐渐形成英语教学特色。

(二) 师徒带教促发展

英语教研组开展师徒带教,加强教研组的培训功能。第一层为带教胜任教师,第二层为带教骨干教师,第三层为带教特色教师。经过这些年的师徒带教,在现有的英语教师队伍中,X2 老师已成为国家级骨干教师,C2 老师已成为市级骨干教师,有 50% 教师成为区级骨干教师。英语教研组带教制度的成功一方面取决于师傅的高超水平,另一方面取决于徒弟的虚心求教。学校还特别聘请上外附中的 Z2 老师来校指导英语教法,通过上实践课、座谈等形式,让教师们从中接受新的教学理念、教学思想以及教学技能。同时也经常聘请徐汇区特级教师 S3 老师来教研组指导教法,将国内外的一些先进的教学方法带入教研组,让老师在先进的教育理论指导下开展教学实践,提高教学技能和素养。

(三) 教师大练内功

随着学校社会声誉的提高,学校规模越来越大,形成了东西两校的格局。学校还开设了境外班,引进了外教,英语教师感到自己身上的责任更大了。大家深深感到,要使学校得到进一步的发展,自己的专业水平首先要提高。于是,教研组的老师开始大练内功。一方面,他们开始多渠道地参加进修学习。这些学习包括:(1)高一层次的学历进修。1998 年,X2 老师、C2 老师、L3 老师、Z3 老师便开始了专升本的学习,1999 年,C3 老师、Z4 老师也加入了学习的行列,接着 W5 老师、Z5 老师、L4 老师、K1 老师又紧随其后。Z4 老师、X3 老师、S4 老师等青年教师还选择了第二外语充实自己,以适应飞速发展的现代教育。(2)提高外语水平的学习。他们在加强自我学习的同时,学校还积极为他们创造出国学习深造的机会,C2 老师、X2 老师、L3 老师先后赴英国深造,Z3 老师赴加拿大学习,他们在英语国家接受各种学习和培训,提升了自己的英语水平。(3)提高教学技能的学习。为了开阔教师的视野,让他们不固步自封,多学习他人或兄弟学校的长处,学校十分重视教师的外出听课学习。近年来,Z4 老师、C3 老师、L3 老师、X2 老师赴四川观摩全国小学英语优质课评比,Y2 老师、Z3 老师赴杭州听课学习,这些活动都为他们的教学注入了新的内涵。与此同时,学校还安排部分老师去浙江金华、云南宜良、浙江新昌等地去进行异地教学,在实际教学中,老师的教学技能有了更快的提高。

另一方面,学校还安排教师参加各类教学比赛。近年来,学校英语教研组的老师参加了各类教学比赛。在各类教学比赛中,他们果然不负众望,取得了优异的成绩。同时,通过参加比赛,他们既展现了自己的教学实力,也学到了其他学校和老师的长处,从而实现了新的自我超越。

第三,以科研促发展。越来越多的教师认识到,一个只会上课的教师不能算是一个好老师,一个真正意义上的优秀老师,除了会上课,还是一名反思型、研究型的教师。为此,近年来,各备课组根据学生特点、教材特点,确立了自己的研究课题,并在研究中取得了一定的成果。英语教研组的老师在课题研究方面尤其突出。Z6 老师的课题《牛津教材和校本教材的整合研究》被列为市青年教师基金会课题;C2 老师的《结构——功能法在小学低年级英语教学中的运用》获上海市青年教师基金会课题科研成果四等奖,X2 老师的论文《小学英语课堂教学模式系列研究之二——归纳教学模式》发表在《上海师资培训通讯》上,C2 老师的论文《英语对话教学中运用功能教学法的探索》刊登在《上海教育》上。最近,教研组全体老师又集中精力投入到了教育部"十五"规划重点课题《结构——功能互补的英语教学模式研究》的实施中去。在科研中,英语组的群体水平更趋向专业化。

（四）专家点评

该校是一所以外语为教学见长的学校,外语师资水平的高低对学校的声誉和发展有着至关重要的影响。在建校之初,学校的外语师资队伍和外语教学基础均比较薄弱,为了提升学校的外语教学水平,学校的领导大胆放手,给予青年教师充分的信任和支持,让他们去挑大梁。这种信任和压力激发了青年教师的创新热情和工作潜力。他们在一穷二白的基础上,开辟出了具有世外特色的英语教学法。当世界外国语小学的英语教学日趋完善、成熟时,学校抓住机会,放手让当时的教研组长 X2 老师独立完成本校《英语课程标准》的撰写,经过一次次的修改,最后终于编写出校本《英语课程标准》,并得到专家的认可。学校一贯提倡"人无我有,人有我优,人优我精"的理念。在外语特色形成之后,学校又进一步发展,开设了境外班。于是,境外班的课程设置和一系列方案设计这一重任便落在了 C2 老师的身上。在专家的指导下,她出色地完成了任务。这些年轻人,在学校的信任、支持和"重压"下,不断挑战自我,跨越了一个又一个的难关。

当然,放手不等于放任自流。学校在放手让外语组的老师大胆创新的同时,还十分注意引导他们多修炼内功。不但给他们创设进修学习的机会,还组织他们参加各种竞赛,让他们了解自己在同行中的位置,并不断树立新的前进目标。经过多年的磨练与实践,英语组的教师逐步形成了自己的教学思想和教学风格。大家在实践中都悟出了同一个真谛:只有敢于探索、勇于实践的人才会取得成功。

五、音乐教研组的发展策略

音乐教研组小档案

音乐教研组共有 5 名教师，全部为女性。其中老教师 2 名（有一名为退休返聘），青年教师 3 名。

是音乐将 Y3 老师、Z7 老师、Z8 老师、L5 老师、S5 老师五位老师的手牢牢地牵在了一起，心紧紧地连在了一起。她们付出着，收获着，更快乐着，为心中的理想和目标谱写着一曲曲动人的旋律。

说起学校的音乐组，不仅学校的老师，就连区里甚至是市里的老师都会称赞叫好，称赞五位老师各具特色的教学风格、兢兢业业的工作态度和扎实的业务基础；称赞五位老师的互帮互助、团结协作和不断创新的精神。

Y3 老师和 Z7 老师均是中学高级教师，是徐汇区小学音乐教育的两位"老法师"。几十年的教育教学经历铸造了她们高尚的师德和精湛的教学技巧。但两位老教师从不停止探索的脚步，为求得音乐教育上的一泓清水，她们乘着二期课改的东风不断释放着对音乐教学的满腔热情。每次新教材培训，无论是在徐汇培训还是在闸北培训，你一眼就能看到有一头花白头发的老教师正在认真地听讲座、记笔记，她就是退休返聘的 Y3 老师。在她的课上，你的眼睛和耳朵都不会有机会休息，她那丰富多变的表情，轻盈动感的体态，跌宕起伏的语言，让人很难相信这般天真童趣会出自六十多岁的"奶奶级"教师。五十几岁的 Z7 老师每晚都会在计算机旁，不是上网搜索音乐素材，就是忙着制作多媒体课件。在她的音乐教室的电脑里，有着许多与新教材匹配的多媒体课件，个个色彩鲜艳，设计巧妙，美观而又实用。有一次，Z7 老师骨折了，医生让她在家静心养病，可她闲不住，硬是拄着拐杖上音乐书店去购买有关的音像资料。

更可贵的是两位老教师在带教三位年轻教师时，不遗余力，倾囊而出。刚开始青年教师先听师傅的课，然后师傅会根据这节课的内容讲解每个环节为何如此设计的理由，要求达到什么效果，怎样积极地去调动情绪等等。然后青年老师回去消化，完善教案，再模仿着上一节，师傅给予反馈。最后，通过进一步反思，再上一节同样内容的课，并请师傅听课。三位青年教师在不断的实践中逐渐掌握了唱歌教学、欣赏教学、歌曲处理的基本环节及方法等。教师们在亲身体验中理解了听觉领先、动觉切入、以情带声、声中有情、音乐信息多元化等理论；在体验感受中熟悉了孩子的心理需要、认知规律、兴趣所在等。三位青年教师的课上得越来越顺畅，越来越细腻，关注点也从原先的"自我"转移到了"教材"，转移到了"学生"。接着，师傅又提出了新的要求，每个人在教学中要体现自己的个性特征和业务特长，形成自己的教学风格。在师傅的指导和个人的努力下，L5 老师的声乐课生动活泼；Z8 老师的舞蹈课亲切优美；S5 老师的钢琴课委婉动人。在各自的风格形成过程中，三位青年老师虚心好学,两位师傅成了"教学字典",有问必答。L5 老师为了某个教学环节的优化经常和 Y3 老师、Z7 老师"电话咨询"。Z8 老师及时与师傅交流课堂上出现的状况,解决一个又一个教学问题,哪怕只是歌词咬文吐字的不清晰,乐句演唱气息的不畅顺,她也不放过。她常和 Z7 老师步行回家,为的是有更多的时间谈谈教学上的感悟和困惑。S5 老师因为要管住宿,所以就抓住放学后和住宿部吃饭之间的时间差向师傅请教歌曲的配奏,并一遍一遍练习,让师傅听听感觉是否到位,和弦是否正确,等等。只要是五位老师聚在一起,不管何时何地,她们都在进行正式或非正式的"教研活动"。

正是有了师傅由搀到扶,由扶到放的教和徒弟的虚心好学,刻苦努力,加上学校对音乐组的肯定和支持,三位青年教师才能迅速成长,并频频在各种公开课和教学比赛中亮相,受到专家和同仁的一致好评。只有五年教龄的 L5 老师多次在市、区级范围内开课,由于工作以来,一直从教低年级唱游课程,她对教材的了如指掌和对这一年龄段学生的知根知底,使她在上课时游刃有余。她激发着学生学习音乐的兴趣,调动着学生的音乐想象力,让学生在快乐中学习着,在学习中快乐着。同样,只有四年教龄的 Z8 老师也是多次在市、区级范围内开课,她注重挖掘教材内在的情感因素和学生内心的审美需求,善于利用学生感兴趣的方式帮助学生与音乐作品产生情感共鸣,让学生带着美好的情感去歌唱、去舞蹈、去欣赏、去游戏。她的课充满激情和美感。仅有一年教龄的 S5 老师,在上海市新教材、新理念、新模式教学研讨会上的公开教学也让人耳目一新。她的手指间流淌出的旋律妙不可言,使每个学生都深深地陶醉,她以很快的速度适应了音乐教师这一角色,并与学生建立了亲密的关系。她的课宛如一首小夜曲舒缓动听,自然亲切。此外,三位青年教师始终认为成绩只能代表过去,人需要一股冲劲,因此不断为自己加压,超越自己,这当中的捷径就是相互学习,相互指导,相互促进,共同发展。

教研组是教师成长的沃土。在音乐教研组敬业、钻研、协作、和谐的氛围中,五位教师都发挥了自己的优势,青年教师得到了良好的成长环境,从而也推动了音乐教学质量的提高。学校不仅在音乐教学上显现出勃勃生机,而且在课外音乐比赛中也是不断进步。每一次一有比赛任务,大家就会聚在一起出谋划策,多次上海市合唱比赛、舞蹈比赛的一等奖,更多徐汇区合唱比赛、舞蹈比赛的一等奖都是她们通力合作的结果。

专家点评:

一个人的成长离不开他所生存的环境,一个教师的成长离不开他所处的工作环境。环境好,再一般的教师也会多少受到熏陶和感染,而得到成长。教研组是学校的最基层的工作集体,是教师交流教学思想的论坛,是开展教育科研和教师校本培训的基地。教研组的工作环境、人际环境如何,直接关系到教师的成长。音乐教研组的三位年轻教师之所以能迅速成长,正是得益于她们拥有一个有利于成长的教研组。从她们的案例中,我们总结出一个有利于成长的教研组至少包括三方面条件:其一是要有人品高尚、业务精湛的领军人物。Y3 老师、Z7 老师就是这样的人物。她们以自己的学术人品为青年教师提供了榜样,使青年教师一进教研组就受到感染和启迪,从而找到了自己努力的目标。其二是要有浓烈的学术氛围。从音乐教研组看,她们的教研气氛是很浓厚的,老教师带教不遗余力,青年教师请教不拘形式,不但在办公室里,而且在家中,在电话里,在回家的路上都不停地讨论教学问题。这种良好的学术氛围还体现在宽松的学术环境中,老教师鼓励青年教师根据自身的特点,努力形成自己的教学风格,使青年教师的创造热情有了广阔发挥的空间。其三是和谐的人际关系,音乐组的老教师和青年教师在共同的工作中建立了亲密的关系,心想到一处,劲使到一处,默契配合,相互促进,共同发展。这样,音乐教研组就成了真正意义上教师成长的沃土和摇篮。

由此可见,教研组的基础不同、构成不同、学科特点不同,他们的专业发展思路也不完全相同。学校的语文教研组根据青年教师居多的特点,主要采用了专家辅导、校内师傅带教、开展研究课等方式;数学教研组根据自身的特点,确定了外出进修学习、互动式带教等方式;英语教研组由于起初底子薄、师资薄弱,所以确定了围绕教材建设和教法设计开展教研、专题研究活动、多渠道外出进修学习等方式;音乐教研组则根据自身的优势,确定了由单向式的带教逐渐过渡到帮助每位教师形成自己独特的风格的思路。各个教研组的特点和相应的促进策略如下表5.1所示。

表5.1　与学科教研活动相应的个别化策略

学科教研组	优势	不足	策略
语文教研组	青年教师居多,他们精力充沛,勇于竞争,不甘示弱。	青年教师教学基本功比较薄弱;缺乏教学经验和技能;容易受到学生、家长等人的质疑。	专家辅导;校内师徒带教;在教研活动的互相切磋中提高。
数学教研组	有一支老中青三结合的教师队伍。	老教师教学观念相对陈旧;新教师则缺乏教学经验。	给老教师创造外出学习的机会;互动式带教;围绕选用的教材进行常规教研或专题研究活动。
英语教研组	学校把英语作为特色学科;教师的羁绊少,创造空间大。	底子薄;师资薄弱;教材单一;教法老套	支持教师围绕教材建设和教法设计开展教研、专题研究活动;支持教师多渠道地参加进修学习;通过教学比赛促发展。
音乐教研组	教师队伍中有两位徐汇区小学音乐教育领域的"领军人物"。	5位教师中有3位是刚从师范学校毕业的年轻教师。	由单向式的带教逐渐过渡到帮助每位教师形成自己独特的风格。

第六章 与教师个性特点相应的个别化策略

个性是一个人的整体面貌,是精神和气质的全貌,包括世界观、人生观、伦理观、道德观、信念、需要、兴趣、能力、气质、性格等等,是比较稳定的心理特征的总和。个性的形成不能完全排除先天因素,但主要取决于后天的环境和条件及主观的努力。学校教育、社会环境、职业、个人努力等的不同,使每个人形成与他人不同的比较稳定的心理特征,这些特点的总和便是个性特征。每个教师独特的家庭环境、成长经历和先天的遗传特征等造就了各不相同的个性特征。不同个性特征的教师,他们的专业发展需求,以及擅长的专业发展方式是不同的。要促进每个教师的专业发展,就必须针对每个教师的特点,采取适当的管理和专业发展促进策略,这正是个别化的教师专业发展模式的核心所在。

一、教师个性各异的表现

就工作动机而言,有的教师是为了外部的奖励或利益才把工作做好,而有的教师完全是出于对教育工作的热爱;就理想而言,有的教师抱负远大,有的教师只求平平淡淡;就人生观而言,有的教师积极、乐观,而有的教师则消极、悲观。在能力上,每个教师的优势能力各不相同;在气质、性格上,有的人精力充沛、情绪变化快而强、言语动作急速而难于自制、热情、直爽而又易怒、急躁等,有的人活泼好动、思维动作言语敏捷、善于交往,有的人安静、沉稳,有的人则寡言少语、敏感、细腻;有的人争强好胜,有的人文静内秀,有的人善变,有的人稳定……

经过长期的观察和了解,我们发现,学校教师之间的个性差异相当明显。我们根据学校教师所表现出来的优势性格特征,粗略地把其分为五种类型,分别是:个性张扬型、争强好胜型、情绪波动型、不温不火型和外柔内刚型。

个性张扬型教师,其典型的特征是:有强烈的表现欲,他们工作能力强,但有时不愿脚踏实地工作。针对这类教师我们给予他们展示自我的机会,比如上公开课、参加校、内外各种重要比赛,使他们从中获得成就感。此外,通过一些常规性的检查、督促,比如检查备课情况、作业批改情况等,使他们能够认真地对待每一项日常工作,做到脚踏实地。

争强好胜型教师,其典型的特征是:具有较高的自信心,他们有潜力,追求完美,但容易过分关注自我,对他人不闻不问。对于这类教师,我们的做法是给他们压担子,比如让他们承担重要的教育、教学、管理职务,放手让他们大胆工作,在工作中获得成就感。此外,我们积极为他们搭建施展才能的舞台,创设进修的机会,使他们感受到领导的信任,从而焕发出工作热情,使工作效率得到提高。对于这类教师,我们还通过让他们承受挫折从而不断走向成熟。

情绪波动型教师,其典型的特征是:富有创造性,工作有激情,但工作有时容易忽冷忽热,缺乏持久性。对于这类教师,我们的做法是给予他们充分的理解,使他们能够一直保持较高的工作热情。同时,尽量给他们安排最适合其兴趣,最能发挥其长处的工作,而避免让其做不感兴趣并且恰恰是其短处的工作。此外,我们还为这些教师搭建舞台,不断鞭策他们,使之多出成绩。

不温不火型教师,其典型的特征是:工作踏实认真,能够持之以恒,但缺乏创新意识,容易墨守成规。对于这类教师,我们给予其充分的尊重,不是简单地将其冷落一旁,关键是要使他们保持工作自信心。此外,通过同行鞭策等策略,使之不断超越自我。

外柔内刚型教师,其典型的特征是:对己、对人要求高,且能够做到严以律己,心高气盛,但同伴认同度不高。对于这类教师,学校着重对他们加强引导,使他们学会赏识同伴,看到同伴的长处,使自己不断得到提高。此外,学校还给他们提供多种同伴交流、合作的机会,使他们在合作、交流活动中体现自我价值。

学校根据不同教师的性格特征所采取的相应教师专业发展策略如下表 6.1 所示。

表 6.1　与教师的性格特征相应的个别化策略

教师性格类型	基 本 特 征	促 进 策 略
个性张扬型	有强烈的表现欲,工作能力强,但有时不愿脚踏实地工作。	给机会,使之获得成功感;通过常规性的督促使之脚踏实地工作。
争强好胜型	有自信,有潜力,追求完美;但容易过分关注自我。	压担子,使之获得成就感;通过承受挫折使之走向成熟。
情绪波动型	富有创造性,有激情,但工作有时容易忽冷忽热,缺乏持久性。	多理解,使之热情不减;通过不断鞭策使之多出成绩。
不温不火型	工作踏实认真,持之以恒,但缺乏创新意识,容易墨守成规。	多尊重,使之保持自信;通过同行鞭策使之超越自我。
外柔内刚型	对己、对人要求高,严以律己,心高气盛,但同伴认同度不高。	多引导,使之学会赏识同伴;通过同伴交流使之体现自我价值。

以上是学校针对教师不同的性格类型所采取的一般策略,这在随后将谈到的具体的教师专业发展个案中会切实感受这些策略的应用。然而,仅有这些策略是不够的,因为每个教师具体的工作、生活经历是生动、多变、不可预测的。每个教师

的生活和工作轨迹不是事先规定好的,而是由一系列偶然事件构成的。一个性格开朗的教师也可能因为暂时的挫折而变得寡言少语,一个专业精湛的老师也可能因为疏于学习而变得跟不上时代,一个富于追求的教师也可能因为多次碰壁而变得一蹶不振……因此,我们需要时时关心教师的需要和处境,及时给他们提供帮助和支持,及时采取针对性的措施,使他们一直能够向着更高的专业目标迈进。

二、对教师个体专业发展的管理

为了使教师本人真正认识到自我专业发展需要,也为了使校领导和教师更加深入地了解每个教师的专业发展需求,除进行观察、问卷调查外,我们还要求每位教师回顾自己的专业成长史,并把书面材料进行归档。在了解自己专业需求的基础上,学校还指导每位教师制定个人专业发展五年规划。为使教师的长远发展目标具体化,学校给教师提供了具体的专业发展目标选择范围,教师可以根据自己的具体情况选择具体的定向,这是学校教师个人专业发展规划的一大特色。在规划取得学校领导认同的情况下,学校根据教师的具体要求制定相应的支持策略。为了配合个人专业发展规划的完成,学校还要求教师经常写反思日记。在年终或五年结束时,学校会对教师完成个人专业发展规划的情况做出考察。根据考察结果,教师可以继续完成未完成的目标,也可以调整目标或制定新的目标。具体说来,在教师个体专业发展的管理方面,我们主要采取如下策略:

(一) 建立教师专业成长史档案袋

教师专业成长史指的是通过分析教师在过去生活中的各种因素对教师自我发展的影响及意义,帮助教师更加深入地了解真实的自我,从而帮助教师正视自己在现实中所遇到的问题,积极寻找解决问题和发展自我的途径与方法,并能够在与他人共同反省和分析个人生活史的过程中,帮助其他教师更好地了解自己,从而得到来自他们真诚而富有针对性的关怀与支持,实现自我更好的专业发展。教师专业成长史不仅可以有效帮助教师认识真实的自我,而且还可以使教师在短时间内分享到其他教师几年、十几年甚至几十年的实践中积累起来的丰富的实践性知识。更为重要的是,这种知识因为来自于具体真实的工作场景,是教师生命体验和实践经验的宝贵结晶,具有极强的针对性和分享性。

自 2000 年开始,学校定期都请教师回顾并记录自己的专业成长过程,总结、归纳自己的专业成长史,在反思过程中明确自己的后续专业发展方向,为制定专业发展规划奠定基础。从阅读教师的专业成长史中,我们也受到了深深的触动和启发,更加清晰地了解教师的所思、所想、所做和所长,更加明确了有助于教师专业发展的有效策略。学校根据教师专业成长史、个人专业发展规划以及其他渠道所反映出来的每位教师的综合信息,制定了针对性的促进策略。这在随后的教师个体专业发展案例的描述中可以深切感受到。

（二） 指导教师制定个人专业发展规划

俗话说，"凡事预则立,不预则废"。过去,由于我们缺乏规划设计的概念和意识,不少教师对自己要达到什么目标、通过几个阶段达到自己的目标、自己现在处于什么阶段等问题,往往比较模糊,有的甚至从来就没有考虑过这样的问题。因此,表现在工作和行为上,就是单纯听从领导安排,以完成任务为目标,缺少自己的追求,发展比较被动。学校关于教师专业发展需求的问卷调查结果也表明,教师普遍缺乏职业生涯规划意识。为了指导教师对自己的专业发展做出规划,我们要求教师在专业发展规划中考虑如下内容:(1) 专业发展的目标;(2) 自我培养的措施;(3) 期望在学科方面取得的突破;(4) 希望得到的学校的帮助。

至于专业发展目标,学校提出的定向框架主要包括五个方面:定向、职称、学历、教学和科研。定位时所要考虑的是这位教师未来可能获得最大发展的领域及水平。学校在教学和管理两大领域对教师进行定位。教学领域又分特级教师、学科带头人、区骨干教师等几个层次;管理领域又分区级(后备)、校级(后备)和中层干部(后备)几个层面;教学水平则根据学校"优质课时"评定制度确定为四个层级:4 级以下、8 级以下、12 级以下和 16 级以下;科研能力分为可从事校级、区级和市级课题研究几个层级。

表 6.2 教师专业发展定向表

姓名	学历	职称	科研	教学	定向
×××	大专	小高	区级	8	待定
×××	大本	待定	区级	8	A3
×××	大本	待定	校级	4	待定
×××	大本	待定	校级	待定	待定
×××	大本	小一	校级	待定	待定
×××	大本	小高	区级	4	境外
×××	大本	小高	区级	8	待定
×××	大本	中高	市级	12	A3/B2
×××	大本	小一	校级	4	待定
×××	大专	小高	校级	4	待定
×××	大专	中高	区级	16	A2
×××	大本	小高	区级	8	境外
×××	大本	小高	区级	8	B3
……					
……					

说明:

1. 科研能力:① 校级;② 区级;③ 市级。

2. 教学水平:① 4 级以下;② 8 级以下;③ 12 级以下;④ 16 级以下。

3. 定向:A. 教学系列:① 特级教师;② 学科带头人;③ 区骨干教师;

          B. 管理系列:① 区级(后备);② 校级(后备);③ 中层干部(后备)。

需要说明的是,教师的定向是动态的,可以随着教师的发展和需要而改变。在规划取得学校领导同意的情况下,学校会根据教师的具体要求制定相应的支持策略,以帮助教师一步步达到自己的目标。

(三) 鼓励教师撰写成长日记

教师成长日记指的是在一天或某一阶段的教学工作结束后,要求教师写下他们的经验,并与其他教师一起共同分析教学中存在的问题与不足。同时,教师在上课和作业批改后主动征求、了解学生的意见,并详尽记录下教学的背景、效果、上课的具体感受、存在的问题以及通过反思后得出的解决办法或设想等。鼓励教师写成长日记实际上就是让教师具备"挑剔问题"的意识,使教学过程中存在的问题能充分地显现出来,为有针对性地制定改进的措施创造条件。因此,鼓励教师写反思日记是学校推进教师个别化发展的重要策略之一。如 M2 老师和 S4 老师分别从二期课改中的数学教学和二期课改中的英语教学的角度作了较为深刻的反思,各自提出了教学中的优势、存在的问题及解决策略,为深化学校的学科教学提出了有益的思路。他们反思日记的具体内容如下:

自主探究 学会创新
——"正数、负数的减法"的课后反思
M2 老师

"正数、负数的减法"教案设计

教学目标:

1. 懂得正数、负数减法的计算方法。

2. 会正确计算正数、负数的减法。

3. 渗透"转化"及"假设验证"的数学思想。

4. 培养学生提出问题、解决问题的能力。

教学过程:

一、教师变魔术引入

师:魔术神奇吗?你们也想当一回魔术师吗?今天我们就来变魔术。先来检查一下准备工作做得怎么样?

1. 准备题:

$(+2)-0$ $(-8)+(+8)$ $(-3)-(+3)$

$0+(-7)$ $(+3)+(-3)$

2. 看图填数：

（1）出示学具：

4个⊕

```
┌─────────────────┐
│                 │
│   ⊕   ⊕         │
│   ⊕   ⊕         │
│                 │
└─────────────────┘
```

师：现在表示几？请你变一变，使图中出现⊖，但不能改变图中所表示数的大小。（先独立摆放，再小组讨论交流。）

学生边汇报边摆放。

（2）出示学具：

2个⊖

```
┌─────────────────┐
│                 │
│   ⊖             │
│                 │
│   ⊖             │
│                 │
└─────────────────┘
```

师：现在表示几？如果图中要出现3个⊕，但又不能改变图所表示数的大小，怎么摆？

（学生独立摆放，全班核对。）

二、揭示课题，活动探究

1. 出示：

```
┌─────────────────┐
│                 │
│   ⊖   ⊖         │
│                 │
│   ⊖   ⊖   ⊖     │
│                 │
└─────────────────┘
```

师：从 –5 里去掉2个⊖，算式怎么列？

学生列式，板书：$(-5) - (-2) = (-3)$

2. 出示算式：$(-2) - (+3)$

（1）师：用学具摆一摆，得到几？

（学生先独立摆，再小组讨论。）

（2）汇报交流。

教师根据学生汇报板书：

$$\underbrace{(-2) - (+3)}_{} = (-2) + (-3) = -5$$

$$(-2) + (-3) + \underline{(+3) - (+3)}$$

$$\text{抵消}$$

（3）出示算式：$(+4) - (-2)$

学生利用学具独立操作完成计算。

学生汇报,全班交流。

(4) 观察与归纳。

师:观察在运算中算式各部分有没有发生变化,怎样变化的?

(先独立思考,再小组讨论。)

看书 P45～46,你的结论与书上的概括相同吗?还有什么问题?这就是今天我们学习的"正数、负数的减法"。(出示课题)

三、验证

1. 师:我们通过负数减正数、正数减负数得出了正数、负数减法的计算方法,它是不是适用于同号正、负数减法计算呢?

师:这就需要我们用同号两数相减来验证一下。

2. 学生列式验证,并交流结果。

四、练习

在〇内填上适当的符号,括号内填上适当的数。

$(-3)-(+5)=(-3)+($ $)$ $(-4)-(-6)=-4〇($ $)$

$5-(-9)=5〇($ $)$ $(-4)-(+3)=($ $)〇($ $)$

$(+5)-(-2)=($ $)〇($ $)$

1. 计算:

$-7-(+4)$ $35-(-42)$

$(-12)-(-25)$ $4-(+15)$

$0-(-27)$ $-52-(+48)$

应用练习

上海冬季的平均气温是 5℃,而北国之城哈尔滨的平均气温是 −18℃。上海与哈尔滨的平均气温相差多少摄氏度?

五、总结

今天虽然没有学到真正的魔术,但通过今天的学习你有什么收获?还有什么问题?

自主探究 学会创新

"正数、负数的减法"的课后反思

"正数、负数的减法"课在学生和教师的快乐和意犹未尽中结束了。学生回味着自己正确完成的习题、大胆提出的问题和博得一片掌声的精彩回答。身为教师的我回味着苏霍姆林斯基说过的一句话:"在人的心理深处都有一种根深蒂固的需要,这就是希望自己是一个发现者、研究者、探索者。而在儿童的精神世界中,这种需要特别强烈。"这句话道出了探究性学习理念的真谛。我上的这节"正数、负数的减法"正是改变了观念,让学生在这种积极的学习过程中以主体的姿态带着探究的精神自主地参与学习过程,以尝试发现、实践体验、独立探究、合作讨论等形式探索知识,发展思维能力和学习能力。

"正数、负数的减法"的教学内容是正、负数计算法则教学的难点,尤其是"变减为加"的算理比较抽象,小学生缺乏类似的知识经验基础。因此如何给学生提供思维支柱,成为这节课化解难点的关键。我上这节课也就着重立足于改变学生的学习方式,倡导自主探究,学会创新学习。下面结合这节课的几个主要教学环节进行反思。

一、创设问题情景激发探究欲望

学生探究性学习的积极性、主动性,往往来自于一个对于学习者来讲充满疑问和问题的情景。创设问题情景,就是在教材内容和学生求知心理之间制造一种"不协调",把学生引入一种与问题有关的情景的过程。通过问题情景的创设,使学生明确探究目标,给思维以方向;同时产生强烈的探究欲望,给思维以动力。法国心理学家瓦龙说:"思维就是克服矛盾的过程。"因此教师必须创设问题情景,激发学生探究欲望,学会自己提出问题,进行独立思考。如课一开始,我就变了一个魔术,当学生瞪大眼睛还没回过神来时,我告诉他们这节课人人都来学变魔术,学生们一下子来了精神纷纷跃跃欲试,很自然地进入学习状态。显然,这样的引入形式给学生创设富有吸引力的问题情景,留给学生相当自由的思考空间,对学生良好的思维品质的培养起到积极的作用,同时更能激发学生强烈的探究欲望。

二、拓宽探索空间诱发自主探究

《新课程标准》中明确提出:"有意义的数学学习必须建立在学生主观愿望和知识经验的基础上,有效的数学学习活动不能单纯地依赖模仿与记忆,动手实践、自主探索、交流反思是学生学习数学的重要方式。"因此小学数学课堂教学应改变以往的教学方式,教师应拓宽探索空间,诱发自主探究,从而发展学生的探索与创新意识。在化解难点上我针对计算法则的关键设计复习,首先学生在表示 $+4$ 的图中出现 -1,为了不改变 $+4$ 的大小,可以怎么办?学生通过思考和交流答出再放上 $+1$,这样 $+1$ 和 -1 合起来就是 0, $+4$ 的大小不改变。接着出现了 $(-2)-(+3)$ 的题目,让学生通过摆学具得出结果,这为学生提供了一个很大的思维空间,从 2 个 -1 中怎样拿走 3 个 $+1$,这样的问题具有挑战性,能激发学生的探索欲望,再通过思考、讨论、交流使学生形成计算思路:为了去掉 $+3$,需要"添上" $+3$ 和 -3,添上的一部分 $+3$ 与去掉的"抵消",另一部分 -3 与被减数"合并"。

看!这样的一个知识的学习过程,不仅是一个主动参与的学习过程,更是一个创造过程。学生在这个探索空间里,不仅是一个发现者、探索者,更是一个创造者。

三、发展个性品质鼓励质疑问难

质疑问难能力是学生文化科学素质、心理素质的综合反映,培养学生质疑问难能力是创新教育的需要。古人云:"学起于思,思起于疑。"小学生学习数学,开始往往满足于"知其然",而不追求"知其所以然"。培养学生的创新意识就是要鼓励学生质疑问难,引导学生学会观察问题,从而使他们敏于质疑、善于解疑。如在核对练习时,有一位学生提出练习卷上的习题 $-7-(+4)$ 与书上的 $(-7)-(+4)$ 不同,这个括号到底要不要加?这个问题的提出说明:在一段时间的训练下,学生已经有了较强质疑意识,同时,学生的自主探究的欲望又引起了一个新的高潮,从而培养学生思维的深刻性、创造性。更令人欣喜的是有许多同学举手表示要回答问题,而且表述正确,又为以后的学习打下基础。

四、教师不断学习提高自身素质

鼓励学生自主探究、学会创新,对教师提出了更高的要求,主要体现在引导学生探究的过程中,教师要善于激趣、设疑、启导、鼓励、帮助和调节。教学中要给学生充分的学习和探究的时间和空间,并尽可能为每个学生提供思考、创造、表现及获得成功体验的机会。教学中要承认学生个别差异的客观存在,尝试个性化教学,允许并提倡不同学生达到不同标准。尤其是对一部分主体参与度较低的学生,个性化教学能增强他们的自信心和自尊心,获得进步的动力。

"星星们懂了"的教学设计及课后反思
S4 老师

在二期课改和英语新课程标准精神的指引下,我清楚地认识到,激发孩子的学习兴趣和发展孩子的学习能力在某种程度上比传授知识本身更为重要,同时还要重视对学生非智力因素的情感、态度的积极调动。针对我们学生在英语阅读方面的弱势,我觉得如何培养他们的阅读能力,激发起他们英语阅读的兴趣,让他们真正享受到用英语阅读的乐趣是我本堂课的目标。

本堂课是一节五年级英语阅读课,内容为长达三页(740 字)的一篇童话故事,讲述了一颗星星起初不了解人类情感,通过一天的做人经历,理解了人类的喜怒哀乐的故事。

我认为学生对课文的理解应是一个完整的过程,因此我不愿破坏文章整体性,尽管课文内容长达 740 字,我还是试图在一课时中完成本篇课文的教学。课文作为整体来教,是本堂课教学的关键。既重视语言知识的传授,又重视利用课文进行阅读技巧的训练,从而保证课文的连贯性和逻辑性。本堂课需要培养和掌握的主要技能有:1. 理解主题和解构课文;2. 略读以了解文章的大意;3. 浏览查找特定的信息;4. 概括故事内容。在发展学生阅读能力的同时,我试图培养学生对英语语言文字的欣赏能力,激发学习兴趣,锻炼思维方式,为今后的学习打下基础。

根据学生平时已有的阅读能力,我在思维、技能和情感方面分别采用不同方式引导学生阅读,使学生已有的阅读能力如快速阅读、略读的能力得到体现,新的技能,如检索读、浏览查找特定的信息、概括故事内容等新的技能得到发展。

教学特点:

1. 问题设计,层层深入,逐步解构课文

1)从一首耳熟能详的歌曲引入,使学生在唱唱说说中进入学习状态,课前讨论有关课文标题的问题,有利于培养学生参与意识、口头表达能力,引导学生从标题发问:What do the stars understand? 让学生进行快速阅读,引出了本文最后一段的精讲和朗读理解。

2）追问 How do the stars understand，引出本文的第一段，使学生掌握故事起因，接下来进入中间段主要内容"Felix 一天的经历"的学习。

3）以 What kind of feelings did he feel that day? 为主要线索，引导学生细读课文找出关键信息以理解全文主旨。

2. 引导概括，步步提升，完成全文概要

全文概括故事，是有一定难度的。学生语言把握不好，会出现很多语病，因此我设计了阶梯式的引导方式；对于全文第一段，是由我直接给出概要内容以作示范；对于最后一段，给学生以具体要求让学生仿效概括；中间段较长，我设计了一个填空练习，完成填空即完成了中间段的概要；最后让学生自己尝试概括出全篇故事的概要也就水到渠成，使学生对课文内容有了整体性理解。

3. 培养多种阅读技能

略读的能力（skimming）：在本课一开始，我就以 What do the stars understand? 这一问题回答为任务，让学生完成快速阅读，理解全文主要内容，大致上理解课文。

检索读的能力（scanning）：即浏览查找关键词句的能力：在中间段的教学中，我让学生寻找 What did Felix feel? How could you know it was his first time? 使学生完成了对中间段的线索整理。

4. 感受文字魅力，学习美文诵读

在结束整堂课时，我指引学生找出全文的主旨"Friendship and love never go away"。我在总结全文时，告诉他们友谊和爱是永恒不变的主题，星星，夜空，友谊，爱，这些历来被人们传扬，由此拓展到课外让他们欣赏诗人泰戈尔的一首相同主题的短诗，由此让他们感觉到语言文字的魅力。再回过头来审视本文最后一段时，也如同诗歌一样，让学生尝试朗读出美感来，以培养学生对文字美感的感受能力。此外，我还在课后布置寻找关于星星的诗歌或文章，鼓励学生自己写作，以激发他们更多的阅读与写作欲望。

教学过程

Contents：*Joy of Learning Book 7 U20*（**Reading**）

"*The Stars Understand*"（*Length*：*740 words*）

内容：佳音第七册 阅读课：星星们懂了（长度：约 740 字）

Aims：1. **Contents**：the whole text

2. **Focus**：development of students' reading skills

(skimming, scanning & summarizing)

3. **Emotion**：improvement of students' artistic appreciation of the English language and enjoy the poetical words

Difficult points：It's the very first time to teach such a long text in one period for primary school students

Aids：course book, tape recorder, cassette, Ex – paper, PPT

Proce – dures	Contents	Methods	Purpose
I. Pre – reading	1. Song Twinkle twinkle little star 2. Q&A Do you like stars? What do you think when you see the stars?	T：ask some questions about the song Sn：answer To Elicit the title of the text	To warm up To elicit the title of the text naturally
II. While – reading	1. The ending part of the text Q：What do the stars understand? The last paragraph Q：How do all the stars understand? Q：Who is Felix? How does Felix know the feelings? 2. The beginning part of the text Q：Why did the moon change Felix into a person? 3. Summary of the beginning and the ending parts 4. The body part 5. Summarize the body part	T：When you see the title, do you have a question? Sn：answer T：Which paragraph tells you the answer? Sn answer T：explain "until" Ss：read the paragraph T：ask Sn：answer Ss：find out the paragraph Sa – Ss：read in roles T：ask questions about this paragraph Sn：answer T：ask Ss：find out the paragraph and read Sn：read in roles Ss：read together T：summarize the beginning part Ss：read and learn Sn：try to summarize the ending part of the text T：Read the body part and find out the key sentences which shows he had these feelings for the first time and what kind of feelings he felt for the first time Sg：read and discuss in four T – Ss check Ss：read the body part T show the outlines of the body part which have some words missing Ss：fill in Sp：check in pairs T：ask the students to summarize the body part with the help of the outlines above Sp：discuss in pairs	To arouse the students' interests To split the long story into three main parts Let the children learn the text step by step with the help of these questions To learn the end of the story Let the students learn to skip read and find out the in formation which is needed. To elicit the beginning of the text and let students learn to read in roles To develop the ability to summarize what they have read To develop the ability to do scanning and search for the useful information from the text

（续表）

Proce – dures	Contents	Methods	Purpose
Ⅲ. Post – reading	1. Summarize the whole text 2. Free talk about the text Do you like the story? Which part do you like best? Why? What do you learn from the story?	Ss：try to put the beginning and the end into the summary Ss – Sa：make a summary T：ask Sn：answer Ss：try to read the last paragraph with emotion T：conclude Ss：enjoy reading	Develop the ability to summarize such a long text Let them enjoy
Ⅳ. Assignment	W：Write down the summary of the whole text O：1. Read the whole text fluently（2） 2. Recite the last paragraph • For interest： Try to find some poems about stars Try to write a poem or several lines about stars		

课后反思

本堂课在以下两处超出预想结果。

1. 课堂节奏有条不紊

在短短35分钟内,完成整篇文章的教学是一次挑战。因为本文较长,而且要在课堂内实现了对全文的理解、解构,多种阅读技能的训练和培养和对课文主旨的理解。这一点在教学设计时,始终觉得是一大难点,因此在课堂环节的处理上,需要很好把握课堂节奏,在引入、设疑、讨论、朗读等环节中,我感觉自己的整个过程比较流畅,也达到了预期的教学效果,学生在课堂中切实得到了英语阅读方法的指导和阅读实践,学生在教师的层层递进的问题启示下不断思考,课堂中思考讨论的气氛非常好,节奏适度,自然流畅,并没有为了赶进度而忽视学生的操练,因此课堂效果很好。

2. 课堂拓展激发兴趣

在课堂中,学生体悟到了故事的童趣和美感。在知识迁移部分,我觉得很满意,原本我引入泰戈尔诗歌的目的也只是希望学生能欣赏文学巨匠的文字魅力,拓宽学生的视野,让他们知道在英语文章中有很多类似的歌颂友谊和爱的文学作品。出乎意料的是,因为有了这样一个环节,有的学生非常喜爱这首诗,就将这首短诗抄记下来,并在课后上网查阅,搜集了不少类似诗歌,还有学生搜集了泰戈尔的一些资料,并在第二天上课时跟大家分享,有个别学生还能自己尝试写诗来赞美星星,这一切都是非常可喜的。这让我深刻体会到新课程标准中以学生发展为本的思想是绝对应该贯彻实施的,只要是有利于学生主体发展需要的,就应该是我们教学需要努力的。把学生的发展放在心中正是我们教学所要追求的。

当然,本堂课还存在不足。因为本文较长,为了不破坏完整性,我试图在一节课中完成整篇的教学,对全文主体部分的理解,我采取了小组分工的方式,五个小组分别朗读五个部分,以最后汇总的形式来完成主体部分的阅读理解。在实践中我总感觉中间部分让五个小组分别汇报这一形式略显单一,课堂气氛在此处无法活跃,究竟怎样引导学生整体参与,这个还需要好好思量。

在本堂课中,我做了很多新的尝试。英语阅读教学是一个学生感知、感受、感悟的过程。在这个过程中,学生应该处于主体的地位,我也正在探索小学英语阅读教学中的新模式和更好的方法,能激发学生的阅读兴趣,培养提高阅读能力。让学生在完成任务的过程中体验英语阅读的快乐是我的最终目标。

三、教师个体专业发展案例

在前面我们已经谈到,每个教师的生活和工作轨迹不是事先规定好的,而是由一系列偶然的事件构成的。在遇到不同的事件时,我们感受到个中滋味。教师有时会因为遇到的不同事件而在教学上有时好时坏的表现。作为学校领导,要时时关心教师的需要和处境,及时给他们提供帮助和支持,及时采取针对性的措施,使他们一直能够向着更高的专业目标稳步迈进。在多年的探索中,我们摸索出了一些针对不同教师的专业发展措施。下面提供的是一些具有代表性的教师专业发展个案。

表6.3　代表性的教师专业发展个案汇总表

成长阶段	教师姓名	所教学科	教师专业成长档案袋内容
初任教师	Z8	音乐	从模仿到创新
有经验教师	Q2	语文	给每位教师安排最合适的岗位
	Z4	英语	扬长还需补短
	C4	自然常识	成功中的隐忧
	X1	数学	对"慢热型"要多烧一把火
	L1	语文	有才气的教师要巧用
成熟教师	X2	英语	要有识人的慧眼,用人的气度
	C2	英语	响鼓更要重锤敲

（一）从模仿到创新——Z8 老师专业发展个案

Z8 老师简介

Z8 老师，女，1979 年生，大学本科学历。2000 年 7 月参加工作至今，一直任音乐教师。

Z8 老师从 2000 年 7 月进入世外以来，一直走得很顺利。

1."问伊缘何成长这样快?"

她原先在上海师范大学音乐大专班学习，成绩十分优秀，王小平校长十分看好她，设法将她的户口从舟山转到上海，并进入世外担任音乐教师。在进校后不久，她提前转正，在三年的工作期间，她代表徐汇区参加上海市二期课改新教材的展示课，获得专家的一致称赞。她指导学生排练的节目分别荣获区戏剧节二等奖、区"班班有歌声"合唱比赛一等奖、区舞蹈比赛一等奖和上海市第三届学生艺术节金孔雀舞蹈比赛一等奖。她是学校成长最快，成绩最显著的青年教师之一。

2. 良师的帮助与个人的好学

Z8 老师能迅速成长、崭露头角，首先是因为她得益于良好的成长环境。学校安排音乐教研组长、区音乐学科带头人 Z7 和退休返聘的中学高级教师 Y3 当她的带教导师。这两位导师无论在音乐专业能力，还是在师德人品上，都堪称楷模。Z7 老师在长期的音乐教学实践中积累了丰富的经验，形成了一套完整的知识体系和操作规范，她擅长细致地挖掘教材内在的教育因素，以极强的表现力把真切的情感和富有情趣的音乐技巧传授给学生；Y3 则善于运用肢体语言和适时的煽情来吸引学生、感染学生。而在她们教学中所体现出来的深厚文化底蕴和精湛的技艺更是不可多得的活教材。这一切，都对 Z8 老师的成长产生了影响。

其次，她的迅速成长也离不开 Z8 老师本身肯钻研、悟性强。她从模仿开始，一点一滴地把师傅的好经验学到手。第一年她教二年级，当时每周只有 12 节音乐课，她有大量的时间走进师傅的课堂，从头到尾听完师傅上的每一堂课，她边听边记边琢磨：该如何突出重点、如何分散难点；如何把握歌曲风格，在教唱歌曲中渗透乐理知识和音乐技能的培养；如何在情感融合中把握音乐形象……通过不断模仿，不断与师傅交流，Z8 老师取得了很大的收获。第一年，她就在市级范围上了观摩课。

第二年她仍教二年级，经过这样一次反复，她对二年级的音乐教材已熟练掌握，而且对教材、对学生、对乐曲都形成了自己的理解。她不再满足于模仿，而是开始根据自己的特长，根据学生的特点，根据教学的需要进行创新，如开展音乐游戏、律动体验、乐器敲击等，使音乐教学切实体现听觉领先、动觉切入、兴趣贯穿的理念。第二年她又向全市执教了音乐观摩课，展示了自己的实践成果。

到第三年，Z8 老师教三年级，此时她在音乐教学上已有了质的飞跃。她不但熟悉教材，而且重视以学生为本，能根据每个班级的实际制定教学进度，增删教学内容,设定教学要求。她还运用自己舞蹈特长,努力寻找将舞蹈渗透于音乐教学的契机,每堂课她都注意训练学生的舞台感和造型感。她把上好每一堂课当作最大的快乐,因此,平时的每一堂课都被她当作公开课来上,这在青年教师中实属不易。

3. 切记至善至美路途长

经过三年的教学实践,Z8 老师已初步形成了自己的教学风格。在一片赞扬声中,人很容易产生一定的自满情绪,她也不例外。于是学校领导引导她经常进行反思,她也逐步找到了自己的不足。例如,在业务上,她在为乐曲配伴奏、和弦方面能力稍欠一些;在课堂上,针对学生及时提出的问题进行适当的解答和引导也有些欠缺;更重要的是在人际交往方面有时太急躁,常常以为自己的想法都是对的,而没有很好地去思考和理解别人的想法。不如 Z7 老师那样善于从别人的角度去思考问题,内秀而不张扬。为此她表示还要虚心地向师傅再学习。通过自己的不断反思,找出差距,不断向新的目标攀登,引导 Z8 老师实现自我完善和自我超越。

根据 Z8 老师的表现。我们认为她主要的发展方向是在音乐教学上进一步超越,形成自己的教学风格,向学科带头人乃至特级教师的方向发展。同时也可作为学校的后备干部进行培养。

4. 专家点评

事物的发展变化有外因也有内因,外因是变化的条件,内因是变化的根据,外因通过内因而起作用。Z8 老师之所以成长迅速,正是良好的外因与内因结合的结果。具体地说,她的成长一方面得益于音乐教研组的教研氛围和 Z7、Y3 两位师傅的言传身教;另一方面也得益于 Z8 老师自身虚心好学、刻苦钻研、悟性高这一根本原因。这给了我们启发:一个青年教师刚进校时,学校应该给她提供一个有利于成长的环境,包括把她安排在一个有很好教研氛围的组室和配备德高艺精的老教师进行带教。而在青年教师成长的过程中,学校领导要适时指导,让青年教师从模仿逐步走向创新,最后形成自己的教学特色和风格。当青年教师取得一定的成绩,表扬声多起来时,学校领导又应当及时引导他们善于自我反思、寻找差距,从而激励不断攀登新目标的动机,使青年教师获得良好的发展。

（二）给每位教师安排最适合的岗位——Q2 老师专业发展个案

Q2 老师简介

Q2 老师,女,1976 年生,大本学历。1995 年 9 月参加工作,一直在世界外国语小学工作。其中,1995 年 9 月至 1998 年 7 月,任英语教学工作;1998 年至今任语文教学工作。小学语文高级教师。

把合适的人安排在最合适的位置上是促进教师专业发展的前提。可是要做到这一点并不容易,因为这需要一个长期的观察和调整过程。而学校对 Q2 老师的任用正是经历了这样一个曲折的过程。

1. 领命教英语始受挫

Q2 老师在师范读书时学的是语文教学专业。1995 年 9 月,当她来学校参加工作时,我们正缺英语教师,校领导在与她进行一番交流、了解后,知道她英语基础好,并试听了她的英语口语,感觉她在英语方面确实功底不错,于是就安排她教两个班的英语。虽然这一工作与她的专业并不对口,但她还是接了下来。对她个人而言,一方面是因为英语是她的爱好;另一方面由于她是一个争强好胜的人,加上学校领导都相信她能教好英语,她自然是愉快地接受了。于是从 1995 年 9 月至 1998 年 7 月,她连续三年担任英语教师。

第一年,学校安排 Q2 老师教两个三年级班的英语,此外还担任一个班的副班主任,晚上还要管理住宿部学生。在教学方面,学校给她配备了带教师傅。Q2 老师也虚心好学,而且对工作积极负责,有一股子干劲。但可能是工作量大、心理压力过大等原因,不到三个月,Q2 老师就病倒住进了医院。但她一出院,马上抓紧时间虚心向师傅学习,从听课模仿入手,一点点掌握了英语课教学的基本要领以及批改英语作业的要求等。也许是出于对新教师的宽容,学生家长也没有什么大的意见。

看到 Q2 老师高涨的工作热情和积极负责的教学态度,学校对她特别放心和器重。所以,在她从教的第二年,我们又加大了她的工作量,让她担任一个班级的正班主任,并且教三年级四个班的英语,同时继续管理住宿部。她也感觉到这是学校对自己的认可与肯定,因此,上进心也更强了。这一年,一件事成为 Q2 老师专业成长中的转折点。这一年,与她同年来校工作的 K1 老师向全区英语教师上了一节展示课。校领导从 Q2 老师听课中和听课后的表现中敏锐地感觉到,她也想拥有这样一个展示的机会。校领导在听取她的意见后,决定让她向全区一年级的语文教师开一堂英语课,以探索汉语拼音教学与英语字母教学互通互融的途径。她非常认真,课前做了精心的准备。上完课后,她自我感觉还不错,但令她没想到的是,听课的教师都反映她的英语语音、语调不十分标准,这引起了学校领导的极大重视。于是,校领导与她进行了沟通,在肯定了她的优点的同时,明确提出,希望她的语音语调能够尽快达到标准。为此,学校给她安排了一位新的带教师傅。

然而,到了第三年,她在英语语音、语调方面的弱点并没有得到明显的改进,学生英语成绩一直上不去,家长也开始埋怨起来。学校领导开始反思对 Q2 老师教英语的安排是不是有失误?学校领导还与 Q2 老师的两位师傅一起认真研究,结果认为,从 Q2 老师本人来讲已经尽了力,问题在于 Q2 老师不是科班出身,英语基本功还不够扎实。经再三讨论,决定让 Q2 老师重拾专业,让她当语文教师。

2. 转向老本行有起色

这件事以及后来校领导的决定给要强的 Q2 老师一个沉重的打击,她原本以为靠自己的努力可以在英语教学上有所作为,没想到三年的辛苦,自己却不得不改行。语文教学虽是她的专业,但已荒废三年,现在要重新拾起,从零开始。而当初与自己同年来校的语文教师已积累了三年的语文教学经验,有些还小有成就，与他们相比……早知今日，何必当初呢？她痛哭过，后悔过，情绪一度一落千丈。

好强的性格、领导的鼓励终于支撑她在 1998 年的暑期里下定了重新开始的决心。她自己找来三年级两个学期的语文教科书，仔仔细细地研读，认认真真地备课，写教案。整整一个暑假，她足不出户，甚至没下过楼梯。家里人也给予了她有力的支持，尽量不让她做家务，以免影响她的学习。这两个月的苦练内功，为她的新起步打下了重要的基础。1998 年 9 月一开学，学校为她聘请了已退休的区语文教研员 L3 作为她的带教师傅。第一次听 L3 老师分析教材时，Q2 老师尽了很大的努力，仍然感到丈二和尚摸不着头脑，听得似懂非懂，感到对教材无从下手。这也与 L3 的口音有点关系，但接触多了，交流也就不存在问题了。L3 老师那清晰的思路、简练的语言、一丝不苟的工作作风使 Q2 老师感到由衷的佩服。她虚心学习，在 L3 老师的严格要求，手把手的指导、帮助下，以及热情鼓励下，她迅速地成长起来。加上自身对文学的酷爱，她的成长能不迅速吗？这一年，她代表学校为北京来访的教育工作参观者上了一堂语文公开课《居里夫人和她的老师》，相当成功，当听课者知道她还是第一年教语文时，更是十分钦佩。在大家的认同和称赞中，Q2 老师又重新找回了自信。她明白，只有不断努力，才能不被淘汰！

1999 年，学校领导根据她在语文教学上的进步和出色的班级管理能力，让她担任三年级的年级组长。为了做好年级组的工作，她主动向老校长请教管理方法，同时对语文教学也不敢有半点懈怠，对作业批改一丝不苟。别人上课，她总是虚心去听，学习他人的长处，提高自己的能力，同时也为她搞好年级组的工作掌握第一手资料。

3. 英雄方显本色

现在，在语文教学方面，Q2 老师逐渐已形成了自己讲课条理清晰、情趣盎然的教学风格。此外，她还能把教学和科研密切地结合起来。她承担的《小学语文中年级口语交际训练序列的研究》等科研课题，不但获市青年教师课题二等奖，她还能够把科研成果应用到自己的日常教学中，极大地促进了学生语文口语交际能力的提高。在班级管理方面，Q2 老师也表现得越来越成熟。她所带的班级环境整洁、纪律性强、学生的行为习惯良好、集体荣誉感强、师生关系融洽……

根据 Q2 老师的表现与发展趋向，我们认为她可以向骨干教师和管理人员即教学和管理两个方面同时发展。在语文教学上要借助科研，通过反思、总结，探索教学工作的规律，形成自己独特的风格，成为一名研究型教师；在管理方面要在实践中积累经验，开阔视野，学会与各种人打交道，学会应付各种复杂的情况，使自己在教学和管理两方面更得心应手。

4. 专家点评

在 20 世纪的五六十年代，整个社会强调的是"螺丝钉精神"，即组织上安排干什么就干什么，一切服从工作的需要，这对于增强团队意识、大局意识固然是有积极意义的，但也会造成学非所用，给工作带来贻误。实践证明，一个人只有放在最适合他的岗位上，才会有最大的工作积极性、创造性出最高的工作效率。Q2 老师的成长过程也充分说明了这一点。当然，学校最初安排她担任英语教师是因为英语教师缺乏而做出的大胆决定，不过也与学校领导自身对英语学科不够熟悉因而对担任该学科教学的难度估计不足有关。好在学校及时发现了问题，并果断地做出了让 Q2 老师改行的决定，当然也是大胆而冒险的，因为"改行"必然会在一定时间里影响 Q2 老师的工作情绪，但学校相信 Q2 老师是好强的青年，不会在这次挫折中倒下去。实践证明学校的决定是正确的，Q2 老师经过刻苦努力又在语文教学上崭露了头角，可谓"失之东隅，收之桑榆"。当然，如果一开始就让她教语文，可能她会在语文教学上成长得更快。不过反过来想，一个青年人经历过一段挫折，对她意志品格的培养和人生经验的积累也并非没有好处。

（三）扬长还需补短——Z4 老师专业发展个案

Z4 老师简介

Z4 老师，女，1977 年生，大专学历。1997 年 9 月参加工作至今，一直在世界外国语小学工作，任英语教师。小学英语一级教师职称。

1. 因校需要教英语

1997 年 4 月，Z4 老师来世界外国语小学应聘教师职位。校领导经过一番认真的考察后，决定录用她。1997 年 9 月，Z4 老师正式到世界外国语小学来工作。虽然她在师范学校就读时学的是数学专业，但当时学校英语教师比较紧缺，校领导有意让她教英语，因此，决定让她试教。经过一段时间的试教，区英语教研员和学校领导觉得，她英语基本功还可以，模仿能力强，性格也活泼，能够胜任英语教学。于是 Z4 老师的第一年教学生涯便从教英语开始了，同时兼任一些社会课。这一安排可以说是歪打正着，因为 Z4 老师虽然学的是数学专业，但她对英语感兴趣，所以，第一年的英语课她上得颇为得心应手。

2. 次年更易教数学

Z4 老师工作的第二年，由于学校缺数学教师，Z4 老师便应学校的安排上三年级一个班的数学。学校为她配了带教师傅。本想，这样专业对口的安排，Z4 老师的数学教学应该是驾轻就熟的。然而事实并非如此，由于 Z4 老师对数学课并不十分感兴趣，效果并不好。校长批评教育了她，并与其家长取得了联系，决定不再让她担任数学教师。

3. 效果不佳又换科

经过慎重考虑，学校决定再次让她试教英语，而且是主教材《佳音英语》。学校先让她教三年级一个班，从此，Z4 老师与英语教学结下了不解之缘。

4. 找准位置大步跃

她刚接三年级一个班时，为了了解学生的学习需要并提高学生的学习兴趣，她在晚上开通了"24 小时热线"——对学生的问题有问必答，而且是用英语解答。学生在"24 小时热线"中提出问题,练习英语问答,解决学习疑难,学生的学习积极性十分高涨。很快,她便赢得了学生的喜爱和家长的赞扬,这也使她觉得自己的付出得到了回报。

学校领导发现 Z4 老师在英语教学上的确是个可造之材,为了更快地促进她的专业成长,就先后给她安排了三位资深英语教师作为她的带教师傅。第一位带教师傅 Emma,对教案的要求非常严格,一份教案给她看后,通常要改三四稿,为此,Z4 老师经常要熬到半夜。师傅的这种严谨、认真的工作作风使 Z4 老师受益匪浅。第二位师傅 Stella,课堂教学方式十分活泼,具有极强的调动学生学习气氛的能力,这给 Z4 老师的授课风格带来了直接的影响。第三位师傅 Crick,在教学理论和教学方法上很有造诣,她听了 Z4 老师的课后,总是能给出到位的点评和富有启发的点拨,Z4 老师在这些宝贵的意见和建议的指导下迅速成长起来。总结这三位师傅对自己的影响,Z4 老师由衷地说:"三位师傅风格各异,都给我留下了不同的但却是难以磨灭的影响。"

当然,师傅只是起着引领的作用,内功的修炼还主要依靠徒弟个人的努力。在师傅带教的同时,Z4 老师特别肯在英语学习和教学上下功夫。她为了提高自己的英语水平,经常利用业余时间刻苦学习英语。她不仅买来了各种练习英语能力的书籍,而且利用周末时间与外国人进行英语交流。她还参加了区教育学院举办的暑假英语教师培训班,在培训中,她参与积极,活泼热情的性格和积极认真的学习态度给培训班的外籍教师留下了深刻的印象。Z4 老师还是一个爱思考、肯钻研教学问题的人。她经常在回家的路上,在汽车站等车时,在晚上睡觉时……在头脑中反复考虑如何更为有效地设计课堂教学的环节。经过一次又一次的课堂实践和不断的反思,Z4 老师初步形成了自己比较独特的授课风格。

鉴于 Z4 老师良好的工作表现,学校也给她提供展示才能的机会。学校是一所对外开放的学校,经常有来自本市的、外省市的甚至是国外的朋友来学校参观、访问和学习。每次要开英语观摩课时,只要有可能,校长就会给她提供开课的机会。Z4 老师每次都是认真对待,并且能够抓住机会上好每次展示课。Z4 老师的课有两个特点:一是她制作的多媒体课件非常富有动感,且趣味性强,能够充分吸引学生的注意力。二是,她制作的教具简单而又实用。她上课的一个最大优势莫过于对肢体语言的运用。她对肢体语言的运用总是那么恰当、自如。这些特点为她的课增添了许多色彩。

Z4 老师对自己的任何英语教学工作都十分敬业。在 2003 年,她承担了社区英语教学工作,自愿牺牲双休日,去教老人学英语,而且乐此不疲。到最后一次课时,她高烧 39℃以上,为了不使老人失望,她在父亲的陪同下坚持上完课,课后才匆匆去医院看病。她的敬业精神深深感动了所有在场的人。

经过三年的积累和磨炼,Z4 老师开始大踏步前进。2001 年 5 月,她荣获上海市牛津英语教学比赛一等奖。2002 年 10 月,她作为上海唯一出席者参加了"2002年全国小学英语课程与课堂教学改革研讨会",获优秀观摩课奖。2003 年 4 月,她在国际双语教育研讨会上给中外来宾上展示课,获得好评。2003 年,她还每周为上海东方广播电台制作"特级教师到你家——英语突破"直播节目,颇受广大英语爱好者的好评。同年,她还被评为"徐汇区青年岗位能手"称号。除英语教学外,在她从1997年至2003年担任学校"头脑奥林匹克(OM)"教练期间,多次指导学生参加全国OM比赛并屡屡获奖,其中三次获全国第一名,一次获全国第三名。

5. 随性做事显欠缺

然而,在Z4老师迅速成长的同时,学校领导也清楚地发现她身上所存在的不足,那就是凭兴趣做事。凡是她感兴趣的事,如英语教学、OM工作,她会全身心地投入,成绩优秀;凡是她不感兴趣、不喜欢做的事,就会缺乏工作热情和干劲,结果可想而知。以班主任工作为例,这是一项琐碎但重要的工作,然而,Z4老师始终对这项工作提不起兴趣,缺乏工作热情。在一段临近期终考试的繁忙期,她住进了医院,而把几大叠没批完的练习卷、空白的评语本以及待填的表、册留给同年级组的老师。学校领导从科学管理和合理用人的原则出发,让她改任副班主任。

在学历进修这个问题上,她只对英语感兴趣,每次考试她只考英语。因此,她的大本学历进修一直拖了六年还未完成,她宁愿将时间花到学第二外语——法语上。

6. 依据定向定策略

为此,学校领导正在针对她的情况,研究对策,试图引导她从凭兴趣出发的误区中走出来,使自己的综合素养得到提高。

Z4老师还很年轻,还有很长很长的路要走。要知道,一个人如果在人格魅力上缺乏修炼,将会阻碍她的发展。我们当然希望她能在英语学科领域有所研究和突破,成为专家型的教师,但我们更希望看到的是一个充满朝气、聪明、肯干、有责任心的人,而不是只凭兴趣做事的人;是一个既会照顾自己却也懂得体验别人感受的人;一个有全面素养的人。这是我们共同期待的!

7. 专家点评

每个人都有长处和短处。如何正确地对待每位教师的长处和短处,是搞好教师队伍建设的重要课题。学校对教师的任用要坚持"扬长避短"的原则,即给每位教师安排最能发挥其长处的工作,而避免让他们做那些恰恰是他们弱项的工作。Z4老师的长处在英语,而教数学是她的弱项,在认识到Z4老师的强项和弱项后,学校也做出了及时的调整,取得了不错的效果。然而,对青年教师而言,他们有极大的发展潜力和可塑性,如果只让他们做他们目前所擅长的事情,而不对他们的全面发展加以引导、对其他的潜力加以挖掘和发展的话,这些教师是难以上一个更高的台阶的。因此,对青年教师而言,学校还要引导他们做到"扬长补短"。

(四)成功中的隐忧——C4老师专业发展个案

C4老师简介

C4老师,男,1975年生,大学本科学历。1996年8月参加工作至今,在世界外国语小学先后担任自然常识课教师、双语教师、技艺学科大组长、校长办公室主任助理。小学高级教师职称。

虽然现在的情况已大为改观，但传统的性别角色定位、薪酬待遇等原因，一定程度上还是影响着男教师进入幼教和小教的一线教师队伍中来。进来的男教师，在这样的社会大氛围中工作和生活，事业如果发展不顺利又得不到领导和家人的鼓励的话，很容易离开教师队伍。如何稳定男教师的专业思想，同时又为他们的事业发展创造条件和机会，是一个值得思考的问题。C4 老师的专业成长和发展经历可能会给我们一点启示。

C4 老师出身于干部家庭，从小受到家庭的良好教育和熏陶。这为他以后的成长打下了良好的基础。在上海师范大学学习期间，C4 老师就以其人品修养和组织能力成为大学生中的佼佼者。1996 年，C4 老师从上师大学习毕业后，他被聘请到世界外国语小学工作。

1. 专业思想渐牢固

C4 老师踏上工作岗位，学校领导就让他承担自然常识、英语、生活与劳动三门学科的教学。在适应世界外国语小学快节奏生活的同时，C4 老师从一名优秀的师范生快速地成长为一名有经验教师。然而，在此期间，C4 老师内心曾遭受着"当小学教师没出息"这一偏见的负面影响。虽然在师范学习期间，他一直接受专业思想的教育，可到自己真正面临选择并真正从事小学教师职业时，C4 老师颇感困惑。在他再也忍受不了这种想法的困扰的时候，主动找到了王小平校长，直言不讳地谈了自己的想法。他说："教师并不是我喜欢的职业，它甚至让我产生自卑。"校长耐心地听着，对他这种直言不讳的谈话态度表示赞赏。之后，王校长多次找他进行交心的谈话，他的想法开始发生转变，工作态度也发生了变化。

当时，世界外国语小学的吴瑞莲副校长严谨、认真的工作态度对 C4 老师的影响也很大。吴瑞莲副校长对每一件事情的执着追求，对每一次活动的精心策划、细致周到的考虑，都深深影响着 C4 老师的处事方式。在吴瑞莲副校长的影响下，C4 老师得出了一条自己的对待工作的人生格言：要么不做，要做就要做得最好。

王小平校长的谈话、吴瑞莲副校长的感化都对 C4 老师专业思想的重新树立起着至关重要的作用。在专业思想逐渐稳固的过程中，工作上的进步和成功更是起了催化剂的作用。C4 老师回忆说："我印象最深的就是，1999 年带着学生参加全国性的头脑奥林匹克竞赛。学校是第一次参加此项比赛，就一举荣获第一名。这次活动对我的影响太大了，毕竟这是通过我自己的努力获得的好成绩。"这次成功使 C4 老师对自己的能力充满了信心，他开始在小学教育中找到了自己的位置。

2. 业务能力节节高

一名刚毕业的师范生不可能一开始就成为一名优秀的教师，这需要相当长的实践过程，C4 老师也不例外。他一开始对如何写教案、如何上课、如何驾驭课堂等问题都有点找不到北的感觉，完全机械地参照教学参考资料来进行。为此，学校领导及时为他请了区教育学院的 Y4 老师作为他的带教师傅，对他进行细心地指导和帮助。起先是师傅上一节课，C4 老师上一节课；后来是师傅指点 C4 老师上课……

在师傅的带教下,C4 老师靠着自己的悟性和聪明好学,很快就掌握了教学的一般规律。备课开始更多地考虑学生的认知水平、更多地考虑教师的提问方式和学生在课堂上可能的反应。因此,他上课的水平越来越高,自然常识课也越教越好,并逐步形成了自己独特的教学风格。1998 年和1999 年,他接连获得徐汇区青年教师评比一等奖,体验到了成功的快乐。1999 年,C4 老师开始兼任技艺学科大组长,初步开始接触学校管理工作。在这一年,他率领世界外国语小学的学生参加全国头脑奥林匹克竞赛并荣获第一名。

鉴于他良好的工作表现和较强的业务能力,学校领导不失时机地引导他在双语教学方面进行探索。2001 年,C4 老师在专家和老教师的指导下,开始研究和实践自然常识课的双语教学。凭着他较好的英语功底和自然常识的专业基础,很快就在实践中脱颖而出。2003 年2 月,由于他的工作业绩得到学校领导的赏识,C4 老师被提拔担任校长办公室主任助理。

3. 成功之中有隐忧

在 C4 老师不断取得新的进步和成绩的情况下,学校领导仍清醒地看到他成功中还有隐忧。他一路发展顺利,没有经过多少挫折的磨砺,对人生的曲折、工作的困难、人际交往的复杂等等思想准备不足,这可能有碍于他今后的进一步发展。事实上,C4 老师也确实还存在着工作热情随情绪起伏,有时患得患失的情况。为此,学校领导在考虑给他压更多担子,让他在困难中锻炼自己。

4. 依据定向定策略

我们认为,如果 C4 老师经过不断的锻炼,能增强自己的意志,变得更成熟,他一定能在多方面开拓进一步发展的空间:他可以在学校管理上有所建树,成为优秀的后备干部;也可以在双语教学方面迅速发展,成为高级教师和学科带头人。

5. 专家点评

在同一所学校里,青年教师成长的态势是不一样的:有的一帆风顺,有的起伏曲折,有的先扬后抑,有的先抑后扬。这些都是正常现象,学校领导都需以平常之心对待,重在分析原因,寻找规律,针对不同的类型采取相应的对策,如 C4 老师就属于一帆风顺型。C4 老师之所以成长迅速,一是他基础较好,有好的家庭教育以及他自身的聪慧和好学。二是学校对他的定位得当,来世界外国语小学后,学校对他的工作安排恰当,教自然常识与英语,都符合他的兴趣与专长,有利于他积极钻研业务,较快出成绩。后来学校安排他探索双语教学,也能恰当地发挥他在外语和自然常识两方面的优势。三是点拨及时,当他刚走上讲台,面对如何上好课,如何掌握课堂纪律这样一些问题,学校及时请富有经验的 Y4 老师来带教,使 C4 老师较快地闯过了讲课关和纪律关,这为他进一步发展铺平了道路。四是重视隐忧。在他成长迅速、成绩显著的情况下,学校领导注意发现他在成功中的隐忧,如专业思想不够巩固,缺少承受挫折的思想准备等,从而采取榜样引路、个别谈心、工作加压等相应措施。从实践看,学校这几项工作的落实是很有成效的。

（五）对"慢热型"老师要多烧一把火——X1 老师成长个案

X1 老师简介

X1 老师,1988 年 7 月参加工作,大学学历。中共党员。先在普陀区某小学任数学教师,1994 年 7 月起在世界外国语小学任数学教师。现任五年级的年级组长,小学数学高级教师。

1. 本是原校一英才

X1 老师从 1988 年 9 月进入普陀区某小学任教至 1994 年离开该校,工作上一直发展得比较顺利。在这期间,她连续任教的两个毕业班成绩都得到校、区领导的认可,多次担任的公开教学任务也都获得成功,还被授予普陀区第一届园丁奖。她所写的论文《培养几何初步知识的思维能力》在《普陀教育》上发表。1992 年她被学校和学区选送参加区青年干部培训班深造。1994 年入党并担任教导主任助理。

2. 缘何异校屡受挫

1994 年,由于搬家到了学校附近的康乐小区,她为了方便工作,选择到世外任教。X1 老师刚到世界外国语小学时,自我感觉比较好,虽然知道学校对教师要求比较高,但她觉得自己在普陀区时也是一名骨干教师,应该能够适应学校的工作要求。然而,事情并不像她预想的那样一帆风顺。她担任四年级数学教师,同行在听她的课时,发现她有些概念没有讲清楚;区教育学院的教研员在听课后更反映她没有把关键点讲清楚。于是,原来一直受到赞扬的她,现在却时常受到批评,这使 X1 老师一度对自己的教学能力失去了信心。

然而,不顺利的事更是接踵而至。第二年她担任了三(1)班的班主任,在处理一个从南京转至这里求学的学生时,因为考虑不周,结果引起了家长的不满,学生家长甚至提出让自己的孩子换班级。学校不得不将她中途调至三(5)班当副班主任,这才暂时缓解了矛盾。

数学教学屡遭批评,班主任工作又受挫折,X1 老师忽然觉得自己什么工作都难以胜任了。她一时适应不了这种情况,感到苦恼极了。

学校领导也在反思:X1 老师在原来单位不是广受好评的骨干教师吗? 怎么到了世外就发挥失常了? 出了这么多问题,原因到底在哪里?

经过讨论,学校领导觉得最有可能的原因在于 X1 老师的工作环境的变化,从普陀区到徐汇区,教材、教法、教育对象都变了,而她却没有能及时调节自我以适应新环境,结果可想而知。但我们同时也相信 X1 老师是有基础的,只是还没有充分发挥出来,她是属于"慢热型"的教师。对她,需要的是鼓励和指导,只要加一把火,她就能发光发热。

3. 内因外因互作用

于是,学校为她请了有经验的老教师 S6、S7 来当她的师傅,帮助她改进教学。这时,X1 老师经过自己的反思,也悟出了一个道理:人不学习不行。于是她抛开曾经有过的荣誉,从头开始学习。一方面,她自己花钱买数学参考资料认真阅读,刻苦钻研,对布置给学生的作业,她也先自己做一遍。另一方面,她虚心向师傅请教,也有意识地向同行学习,借鉴他们的长处。与此同时,她认真参加高一层次的进修,成为全校最早拿到大专文凭的教师之一。这样三管齐下,她的数学功底变扎实了,数学教学变娴熟了,而且还把自己原有的一个特色——情感教学的优势发挥了出来,学生渐渐地喜欢她上的课了,教研员对她的课评价也越来越高。

教学这一关突破后,她就有可能腾出更多的时间和精力来加强班主任工作。她一有空就翻阅班主任工作杂志,领悟他人班级管理的经验。尤其对后进生的教育上,她采用了情感引导的方法,注重发现他们的闪光点,和他们做朋友,引导他们进步。她班上有一个学生成绩跟不上,行为表现不良的男孩,就是在她的循循善诱下成了一名关心集体、富有爱心的孩子,家长十分感谢 X1 老师。这一年,她带教的班级被评为"文明班级"。

在这位"慢热型"教师逐渐开始升温的时候,学校领导又及时给她更大的挑战,让她担任了五年级组组长。

4. 英才面目终得显

X1 老师没有辜负学校的信任,她为年级组的工作花费了不少心血。每次组织大的活动,她总是和组内的老师一遍又一遍地策划、安排;年级组里有哪个学生犯错了,她也会主动和班主任一起进行耐心教育。有位低年级的班主任调到五年级组,X1 老师发现她总是闷闷不乐,就多次找她谈心,终于使她愉快地接受了新的工作。年级组内有老师早产,有老师患肝炎住院,一时工作人手减少,X1 老师都会带领全年级组的教师克服困难,把年级组工作安排得井井有条,她带领的五年级组还被评为"徐汇区文明组室"。

现在,X1 老师已完成了大学本科学历的进修,她表示还要继续学习,同时开展科研课题研究,使自己的专业化发展上一个新的台阶。根据 X1 老师的表现与发展走向,我们认为她可以向骨干教师和学校管理两个方面发展。但不管向何处发展,X1 老师都需要不断加强自己的数学功底,在教学上形成自己的风格,同时不断加强理论学习,在科研上要申报自己的课题,以促使自己的专业素养不断发展。

5. 专家点评

在青年教师中,确实存在"快热"和"慢热"两种类型。有的青年教师进校前,学校领导并不十分看好他,但一进校他就很快显示出自己的才能,令领导和同事刮目相看,这类教师就属于"快热"型教师。有的青年教师进校前,学校领导知道他基础不错,对他抱有较高的期望,但进校后并没有很快显现出与学校期望相应的表现,而且在一两年之内一直看不出有什么作为,这类教师就属于"慢热型"教师。X1 就属于后者。"慢热"并不意味着不会"热",而是"热"得慢,其原因是多方的。X1 老师就是由于工作环境变了,要求变了,一时不能适应而造成了"慢热"的状况。这就需要学校领导正确对待。领导始终相信她是有基础有潜力的,只是环境适应能力略逊一筹。世外采取的办法是"多加一把火",即多鼓励、多指导、多帮助解决困难。同时学校及时为她配老教师带教,为她在教学上提高一步铺设了台阶;及时调她任另外班级的副班主任,则是有利于缓和矛盾,使她拥有更多冷静反思的时间。而当她在教学、教育方面确实有了进步时,学校又及时给她更多工作责任,让她担任年级组长。这一段从慢热到升温的经历,对 X1 老师来说,也是极好的磨炼过程。

(六)有才气的教师要巧用——L1 老师专业发展个案

L1 老师简介

L1 老师,女,1972 年生,大专学历。1991 年 7 月参加工作,1996 年 7 月起在世界外国语小学任语文教师,小学语文高级教师。

在许多学校里都会有一些"双突出"的教师,即才能突出,个性也突出。如何正确看待这类教师,如何以适当的方法引导他们发展,是教师专业发展中一个值得研究的课题。学校的 L1 老师就是这样一位教师,我们对如何促进她的专业发展做了如下探索。

L1 老师 1996 年 7 月来学校工作,通过查看她的档案材料以及与她当面的交谈,我们初步了解到 L1 老师以前的专业发展轨迹。她刚走上工作岗位时,由于专业思想不稳定,曾想调离教师工作岗位。1994 年调入某小学后,由于校长的知人善任,给了她奋进的勇气和自信。她在教学上取得了长足的进步,并形成了自己的教学风格。此外,她还荣获区青年教师评比一等奖。但后来某小学因布局调整被撤并了,L1 老师不得不面临新的选择。1996 年 7 月来到世界外国语小学任教。一进学校,L1 老师就感到这里人才济济,管理严格、规范。她下定决心,要在这里做出更大的成绩来。随着与 L1 老师的不断交流,我们对她也有了更深的了解。

1. 认识 L1 老师

才思敏捷的 L1 老师进入学校不久,就在教学中显露出了自己的"才气",这种"才气"突出地表现在她的教学具有自己的思想和风格。她上语文课,不拘泥于教材内容、基本知识和基本训练的框框,兴之所至,视野开阔。例如,看到教室的窗帘被风微微吹起,她会突发灵感,与学生一起动笔写一写那一刻的感受。而她即兴发挥所写出的文字更是优美动人,令学生和其他教师佩服不已。她上课富有激情,能够充分调动学生的兴趣和情感,因此所教班级的学生很喜爱她的语文课,更喜爱有才气的 L1 老师。当她教过的学生毕业后返回母校,谈到最喜欢的老师时,L1 老师往往是被提得最多的一位教师。

L1 老师敏捷的才思与她对文学的酷爱有关。她喜欢看书,尤其是余秋雨的著作,而且看了之后,常有独到的见解。她每天睡觉之前都要看一些精彩的文章,还用 E-mail 与家长交流。在青年教师中,有她那样深厚文学功底的并不多。

L1 老师的才思敏捷还表现在她很有点子。每学期举办的晚会,她不但把自己班级和年级的活动设计得相当精彩,而且还会帮助其他年级组排演节目。她的许多奇思妙想常常让人惊喜不已。

L1 老师是个性情中人，最明显的表现就是做事随意性强。对于她想干、爱干的事，干起来劲头十足，成绩显著；对于她不想干、不爱干的事别人再劝说也没有用。校长曾就她进修大专学历的事找她谈话，鼓励她进修，可她当时一点也不在乎，校长怎么劝也没用。她的随性有时还表现为做事有始无终。做事情，开始时热情高涨，有许多新的点子在头脑中闪现，但到具体操作时，却没有了声响。不管是带教徒弟、备课组课题的实施等，常常是有响亮的开始，间断的过程和无声无息的结束，这也是她最大的不足。她喜欢有创造性的工作，不喜欢细致繁琐的事务。她对学校安排每个语文教师教两个班级颇有微词，认为繁重的教学任务会导致教师没时间和精力进行提高和学习。她尤其不满意批两个班 80 多本的作文本，烦躁时，她会对它们置之不理；有时会出现把没批改过的本子发给学生，导致家长到校长室来告状。当然，随性的人往往也很直率。当她发现有教师在批改试卷过程中有不良行为时，就会立即召集会议，弄清真相，并进行严厉的批评，让全体语文教师引以为戒。在学期末文明组室的评比交流会上，她也会大胆地向全校教师表明对某些事的真实看法，赢得教师的赞赏。

2. 促进 L1 老师的发展

L1 老师有才气，但有时会有情绪波动，对于这样一位个性鲜明的教师，学校针对性地采取了如下发展策略：

第一，给予宽容。L1 老师具有鲜明个性特点的教学风格，激发了学生学习语文的热情，只是她的学生在语文基础知识的掌握方面还有待提高。面对这种情况，我们并没有对她进行过多的干预、对她有过高的苛求，而是给予她较充裕的发展自己教学风格的时间和空间。

第二，适当减负。一开始，L1 老师除担任语文教研组大组长一职外，还承担两个班级的语文教学任务。征求了她个人的意见，同时也考虑到其他原因，我们就把她的教学任务减轻了一些，让她只教一个班级的语文，以便让她有更多的时间和精力去开展创造性的工作。

第三，巧妙引导。针对 L1 老师缺乏持之以恒的精神等缺点，学校领导与她进行了深入的谈话，指出她工作上的不足，要求她以踏踏实实的态度当好语文教研组大组长，不要将目标定得太高，不要忽视最基础的东西，一旦有了可行的思路，就必须坚持到底。与此同时，学校领导还给她布置具体的任务，如每个星期二全体教工大会前利用五分钟时间，让每位语文教师轮流上台，将自己最喜欢的一本书介绍给大家，让大家了解名家、名篇及喜爱的理由。这项活动正迎合了 L1 老师热爱文学的特点，因此，她愉快地接受了。但学校领导给她提出了更具体的要求，要求她事先了解每位老师所讲的内容，并与老师一起修改润色，这样就促使 L1 老师把这项工作经常性地开展下去。此外，学校要求每个年级利用每课一练来强化基本功训练，在练习卷末尾增加课外知识内容，以拓展学生课外知识摄入量。在这项工作中，我们要求 L1 老师每月必须收齐各个年级的资料，认真检查，及时调整教师在练习卷上的相关内容,并将资料收集存档。学校领导则定期检查,做好记录。就这样经过三年的磨砺,L1 老师的工作方式有了改观,在语文教师中的威信也提高了不少。

第四,导师带教。L1 老师在语文教学上虽小有名气,但二期课改新理念的提出以及新教材的实施等,需要对以往的教学思想、教学模式和方法等进行调整和完善,这是一个需要探索的过程,而在探索过程中会遇到这样那样的问题。L1 老师在个人专业发展规划中以及在其他不同的场合,谈到自己期望在学科方面取得的突破时,不止一次地提到:"对于新教材我比较陌生,希望自己有机会多研究新教材,寻找恰当的课堂教学模式,并能很好地磨合新老教材。"具体地说就是,"了解新教材目标、要求,以及如何整合单元要求,有重点、有目的地对学生进行训练。"针对她的上述专业发展需求,我们除了鼓励她多学习、多参加相关培训外,还专门请W1 老师作为她的带教导师。

第五,专家引领。L1 老师在力争做好一个语文教师的同时,自 1996 年起一直担任学校语文教研组大组长的她一直在探索如何成为一名优秀的教研组长。她深知一名教研组长身上所肩负的重任。此外,她还学习了许多管理方面的知识,以提高自己的工作能力。然而,由于缺乏专家的指导,她总觉得自学的收获不大。此时,一个重要的契机来了。2004 年,上海的八个区参加了以顾泠沅教授领衔的"建立以校为本的教研制度"课题,学校所属的徐汇区承担的是"教研组长的成长"研究子课题。徐汇区小学语文教研员 G 老师具体负责语文教研组长的成长课题。学校作为徐汇区语文教学研究基地,自然成为该课题的参与学校。在 G 老师的引导和帮助下,L1 老师开始寻找促使教研组活动更加有效的途径,为此她确立了新的教研活动思路,即按照主题来统筹一个阶段的教研活动。例如,语文教研组的老师感觉到,在 3~5 年级的语文教学中,作文教学是一个普遍的难点问题。为了解决这个难点,他们决定 2004~2005 学年下半年研究课的主题就是"作文教学"。语文教研组的大组长 L1 老师制定了一份详细的作文研究课计划,3~5 年级的每位语文教师在该学期都要上一堂作文教学研究课,由校外专家 W1 老师和本校所有 3~5 年级的语文教师参加。在备课时,以执教老师为主,同事也可以献计献策;在课结束时,校外专家和所有 3~5 年级的语文教师进行评课。评课时,首先由执教老师向大家说明设计这堂课的目的和想法,反思这堂课的长处和不足;然后就是大家畅谈自己对这堂课的看法,最后由 W1 老师做总结和点评。评课后,下一个要上同一年级其他班级同一作文课的教师,在吸取前一个教师作文教学经验以及大家意见的基础上,根据本班学生的特点和自己擅长的教学风格,再备课、上课、评课,下一位教师再跟进……一直持续下去。在这种研究、教学一体化的过程中,L1 老师正在向一个优秀的教研组长的目标迈进。

3. 成就 L1 老师

在学校领导的支持和 L1 老师本人的努力下,L1 老师的发展越来越完善。根据 L1 老师的情况,我们认为经过几年有望成为区学科带头人。为此,为了让她保持高的工作热情,我们不断鼓励她,并且吸引她参与教育科研课题的研究工作。此外,我们还继续推进导师带教方式,请资深教研员 W1 老师和市教研员 X4 老师帮助她开阔视野,促使她进一步学习、积累,提高自己的业务能力和管理水平。

4. 专家点评

的确,在许多学校里都会有一种所谓"双突出"的教师,即才能突出、个性也突出的教师。对于他们,如果领导只注意他的缺点,采取"对着干"的态度,如"你凭兴趣做事,我就偏让你做不感兴趣的事","你想表现自己的才能,我偏不让你表现",那样的话,只会引起教师的反感,不但不利于他改正缺点,反而连才能也得不到发挥,这对教师个人和学校都是损失。反之,如果领导只看中他的才能,来个"一俊遮百丑",事事迁就他,那也不利于他的健康发展。我们认为:对有才气的教师要巧用。所谓"巧",就是该宽容的要宽容,该尊重的要尊重,该批评的要批评,该引导的要引导。我们认为,语文是一门人文学科,语文教学不能只是机械的技能训练,需要有情感、有灵气。L1 老师在语文教学上的独特风格是有积极意义的。如果强求一律,就可能把这种有特色的风格扼杀掉。所以学校尊重她的风格,对她所教班级的语文成绩处于中游的状况予以理解和宽容。当然,她不乐意一个语文教师同时教两个班的安排,认为这是"摧残人性",虽然这种看法有些过激,但学校考虑到她是语文大组长,还是适当减轻她在教学上的负担,让她只教一个班的语文。这并不是迁就她,而是引导她把工作做得更扎实些,这样做既是对学生负责,也是对她本人的发展负责。当然负担减轻了并不意味着工作一定就扎实了,所以学校又对她的工作提出具体要求并严格监督。所有这些举动既注意发挥她的长处,又在实践中逐渐磨砺她踏实工作的意志,从实际效果来看,确实有利于她的成长和发展。

(七)要有识人的慧眼,用人的气度——X2 老师专业发展个案

X2 老师简介

X2 老师,女,1967 年生。1986 年 7 月参加工作,1993 年 7 月起在世界外国语小学任英语教师。大学本科学历,中学高级教师。现任学校英语教研大组顾问。

在一个学校内,尤其对于刚走上教育岗位的年轻教师来说,由于他们原本就不喜欢教师职业,或现实与理想之间的差距 时使他们无法接受等原因,造成他们的专业思想极其不稳定,工作就难以尽如人意。对于这类教师,学校若处理不当,他们就会离开教师队伍或专业。刚走上工作岗位的 X2 老师就是一个例子。她的专业曾经荒废过,是学校领导大胆起用了她,使她成为专业思想稳定、业务精湛的"上海市小学英语学科十佳青年教师"。

1. 选择师范是无奈

X2 老师原本并不热爱教师工作,只因家境原因,她又不愿意去外地就学,这才在初中毕业时无奈地报考了中等师范学校。

2. 身在曹营心在汉

X2 老师从中等师范学校毕业后,进入小学工作。一走上工作岗位,她并没有"既来之,则安之"的思想,而是存在一心想跳槽的想法。由于专业思想不够稳定,因此她的工作表现不够突出。

3. 杂务工作近半载

鉴于 X2 老师当时的表现,学校领导只好把她从教师岗位上"请"下来,让她做学校的勤杂工作,这一做就是近半年。

4. 慧眼识才免淘汰

如果不是区教育学院英语教研员 S3 老师的慧眼识才和推荐,如果不是世界外国语小学的校长王小平和吴瑞莲的大胆起用,说不定今天的 X2 老师早已离开了教师队伍,不会有今天的优异成绩。幸运的是,X2 老师遇到了慧眼识才的 S3 老师,遇到了开明、有魄力的王小平校长和吴瑞莲副校长。当时,S3 老师反映 X2 老师的英语读音很准,口语表达能力强,是一个可塑造的英语教师。王小平校长和吴瑞莲副校长很重视 S3 老师的建议,决定把 X2 老师调到某小学来当毕业班的英语教师。

5. 领导信任受鼓舞

一开始,某小学的老师并不看好她,因为她来自的学校,还因为她被从教师岗位上撤下来过的经历,她能成为与某小学的名声相配的外语教师吗? 家长更是不放心,联名写信要求撤换教师。而对这样的压力,X2 老师哭过,动摇过,甚至产生过想放弃的念头。在这种情况下,王小平校长挺身而出做家长的思想工作,当面向家长保证,X2 老师一定能把毕业班外语教好。X2 老师为此深受感动,下决心奋发工作,认真钻研教材,上好每一堂课,以勤奋、敬业的实际行动来证明自己的价值。其实 X2 老师外语基础很扎实,以前只是没有用心去教罢了。经过发奋图强,她的潜力一点点显现出来,她所教班级的外语成绩果然不凡,家长也十分佩服,X2 老师开始在某小学站稳了脚跟。

6. 大步飞跃向前进

1993 年世外刚创建时,学校需要优秀的外语教师,王小平校长很快就想到了 X2 老师,于是带她到世外共同创业。X2 老师果然不负众望,为世外的外语改革献计献策,并亲身实践。她和同事一起进行了"结构——功能"英语教学的探索。在上海外国语大学附中张逸辉老师、上海师资培训中心余正老师和区教育学院 S3 老师的指导下,她对英语教学的教材选用、教学方法进行了大胆的改革,把活动、游戏、交际引入课堂,又把多媒体和网络技术运用于教学中,学生学得有趣,教学成绩显著提高。她所教的五年级学生毕业时英语口语水平已相当于初二的学生。1997 年,X2 老师被评为"上海市小学英语学科十佳青年教师"。她承担的个人科研课题也获得了大奖。

7. 专业思想坚如铁

X2 老师在事业上的成功,使她从原本不喜爱教师职业转变为热爱教师工作,连她自己也说:"教师是世上最富有的,我们担负着百年树人的历史责任,培育出一批又一批的社会栋梁,他们是伟大民族复兴的希望。当看到我的学生有所作为时,当我的学生簇拥在我身边时,你能说我不是世界上最富有的人?"因此,尽管她的胞妹已从教师岗位跳槽到公司去了,尽管有不少人也劝她到"外面发展",但她却始终保持着自己对英语教学的钟爱。

8. 赋予重任显优缺

学校领导为进一步发挥 X2 老师的作用,让她担任了外语大组长。然而,随着越来越多优秀的外语教师来到世界外国语小学,X2 在如何正确处理与他们的关系方面逐渐显露出力不从心。学校领导经过研究,决定让她改任英语大组顾问,这样可以使她摆脱一些大组的管理事务,可以有更多的精力去钻研教学,开展科研,思考外语教学的发展,这样既能使 X2 老师的专业水平上新的台阶,又能更好地发挥她对英语大组的业务指导作用。

9. 定向指引定策略

与此同时,学校还选送她参加市级英语青年教师的培训,并两次送她出国进修,开拓视野,使她能从更高更深远的角度来思考问题,向专家型教师的目标前进。

10. 专家点评

X2 老师的成长经历,给我们最大的启迪是:作为学校的管理者,一定要有识人的慧眼和用人的气度。识人的慧眼就是能透过表面看到内在的潜质。学校领导初识 X2 老师时,如果只看表面,她那时不安心教育,上课不认真,教学质量差,怎么看也不会成为好教师,那样的话,X2 老师说不定就会在杂务中浑浑噩噩地度过最宝贵的年华,或者干脆离开教育岗位。但 S3 老师发现了 X2 老师不凡的英语功底,学校领导接受了 S3 老师的建议,大胆地起用了 X2 老师。这一来,果然使 X2 老师的教师生涯出现了重要转折,也为世外的英语改革和创新找到了一位领头人。除具有识人的慧眼外,用人的气度同样不可少。是学校领导坚持了"用人不疑,疑人不用"的原则,做出了很有勇气的选择。X2 老师看到领导这样信任她,她的精神面貌、工作态度也发生了根本的变化,这就是信任的力量。当然,信任她、重用她,就要培养她,为她搭建舞台,如送她出国进修,赋予她英语大组长的职责等。现在学校领导经过认真考虑,把她放到更合适的位置上:让她担任顾问。这样既可以使她摆脱许多事务,集中精力钻研业务,又可以发挥组内其他老师的长处,把英语大组搞得更好。

(八) 响鼓更要重槌敲——C2 老师专业发展个案

C2 老师简介

C2 老师,女,1973 年生。1993 年 7 月毕业于上海师范高等专科学校。大学本科学历。不久后进入世界外国语小学工作,担任英语教师。小学英语高级教师。

1. 心怀抱负如愿到世外

C2 老师是创建世界外国语小学的"元老"之一。她很有抱负,水平也很高。在上海师范高等专科学校上学期间,她就拿高标准严格要求自己,并希望今后能够成为一名优秀的英语教师。然而,从上海师范高等专科学校毕业后,一时没有被分配,所以,她决定自荐到世外工作。在校领导对她进行一番考查后,最终,她如愿以偿地进入了世外。她事业心强,对成功抱有强烈的渴望,因此不怕任何困难和挫折。对刚创建不久的世外来说,学校的办公条件十分艰苦,老师的工资也不高,而学校为了创建自己的品牌,对每位教师的工作要求却十分严格,老师的工作压力也比一般的学校大。但 C2 老师认为:"艰难和困苦是一种宝贵的体验,磨砺人的意志,成功就在于坚持,只要心中对这份事业充满执著,就一定能克服困难。"

2. 敬业精神很快被认可

C2 老师的敬业、自强不息的精神很快得到学校领导的赏识,学校把她评为优秀见习老师,并让她提前转为正式教师。同时,C2 老师的精神和工作也得到了师生、家长的好评。

3. 领导不失时机给挑战

鉴于 C2 老师的敬业精神和良好的工作业绩,校领导决定对她提出更高的要求。学校作为一所以英语教学为特色学校,在当时的英语教学中还存在着一些低效的、不利于学生发展的现象。针对这种现象,校领导决定让 C2 老师投入英语教学改革中,并希望她能够提出一套更加有效英语教学方法。为此,学校请来了上海外国语大学附属中学的专家 Z2 老师,指导 C2 老师进行"结构——功能"英语教学法的实验与研究。C2 老师很快进入了角色,对外语教学策略与方法进行潜心研究,总结出了一系列行之有效的措施。

4. 及时搭建舞台展才能

学校及时搭建舞台,给予 C2 老师各种表现才能的机会。C2 老师果然不负众望,在许多市、区教学评比乃至国际性教育交流的场合中频频亮相并接连获奖。连续四年荣获区青年教师评比一等奖,进而获得市朗诵比赛一等奖、市英语演讲比赛一等奖,市小学课堂教学展示优胜奖,同时她还获得区先进教师、新长征突击手等荣誉称号,被邀请在东方广播电台《名师一点通》栏目授课,获得好评。

5. 不骄不躁自强不息

一个年轻教师能取得这样的成绩确实十分不易,更难能可贵的是,C2 老师在成绩面前能保持清醒的头脑。她认为:"事物总是在不断发展和完善过程中的,一时的成功并不意味着永远能处于不败之地。"因此,不管是成为众人瞩目的焦点时还是默默无闻工作时,她始终不忘学习知识和充实自己。

6. 提供深造、学习的机会

C2 老师精湛的业务能力以及敬业、自强不息的精神,足以体现她的确是可造之材。为此,学校领导又进一步给她提供了深造、学习的机会。C2 老师珍视这些机会,她虚心向老教师、校内外同行、外籍教师、专家求教,拓宽自己的视野和教学思路,了解最前沿的信息,不断充实自己,逐步累积英语教学的功底。1998 年,她在参加市青年教师评比中荣获一等奖,她的教案也被选入《上海市小学英语素质教学课堂实例》一书,她的课还被摄制成录像作为教学研究资料。

7. 引导向教育科研领域拓展

在 C2 老师在教学工作上取得显著进展时,学校领导又及时引导她从事教育科研的课题研究工作。1998 年,她开始尝试进行"创新教育"的研究,设计出了一系列创新性的实践活动,如举办"中外饮食文化小报展"、"英语课本剧大评演"等,这些活动极大地激发了学生的学习兴趣,为英语教学中创新教育模式的形成和完善做出了宝贵的贡献。1999 年底至 2001 年,C2 老师所主持的"'结构——功能法'在小学低年级英语教学中的运用"科研项目获市青年教师科研基金会课题二等奖,为世界外国语小学低年级英语教学的创新作出了很大的贡献。

接着,C2 老师又在市教研员 Z9 的指导下进行了"素质教育"课题的研究与尝试,鼓励学生在正确习得语言的基础上,积极参加各类活动、比赛,以充分发挥英语的交际功能,全面提高综合素质。这项研究同样也取得了可喜的成果,她所指导的学生在"麒麟杯"英语故事比赛、"福山杯"少儿交际英语比赛、"天天杯"英语团体赛中均囊括前几名奖项。

"教然后知困"。越是投入科研,C2 老师越是感到自身提高的必要,尽管工作压力大,时间紧,但她还是坚持利用一切空余时间自学,去夜校攻读大学六级英语并顺利通过考试,取得了大学英语六级证书,同时她还从双休日中抽出一天时间进修专升本课程,不断挑战自我并成功通过。为了更好地了解西方教育学的渊源,以更好地促进本职工作,从 2004 年 5 月到 2005 年 8 月期间,她参加了教育管理学学习,并获得了硕士研究生学位证书。

8. 勇挑重担,多维发展

鉴于 C2 老师显著的工作业绩,学校又赋予她重担,让她具体负责境外部工作,这是一项全新的工作,也是体现世界外国语小学前瞻性办学思想的工作。她在市、区教研员及学校领导的帮助下,认真研究和制定境外部教学的办学目标、办学思想、办学原则,在课题设置、教材选择、教学语言和教学策略上作了周密的思考。她在与境外部同事的合作中也逐步学会了人与人(包括外籍教师)的通力协作,变得更加成熟、稳健。她所负责的境外部从原先的两个教学班 38 名境外学生,发展到现在的 9 个教学班,207 名境外学生,而且赢得了良好的口碑和声誉。

9. 根据定向制定个人发展规划

根据 C2 老师的情况,我们认为她可以向着专家型教师的方向发展。在管理上能摸索出一套成功管理外籍教师的经验,团结和带领外教以及本校英语教师,研究和创造中西文化融合的英语教学模式,逐步成长为一名既精通业务又善于管理的中层干部。

10. 专家点评

俗话说:"响鼓不用重槌敲。"但世外的做法却是:"响鼓更要重槌敲。"像 C2 老师这样的青年教师,专业基础好,敬业精神佳,悟性灵气足,可谓"响鼓"。学校并不因为她是响鼓就不去管她,任其自然发展,而是不断地用"重槌"敲打,即不断为她加任务、压担子：见习期提前结束，就让她投入英语"结构——功能"教学的研究；当她在教学上取得成绩后，又引导她先后进行"创新教育"和"英语教学渗透素质教育"的课题研究，使她在科研能力上再提高一步；当她的教学能力有了新的提高后，学校领导又让她负责境外部，让她有更多的独当一面的机会，使她在组织、管理、策划、研究方面的能力得到进一步的锻炼，得到长足的进步。

上述教师专业发展的个案从不同的侧面揭示了个体教师专业发展的复杂性。教师不是生活在真空之中，他们是多种社会角色的复合体，家庭生活的波澜、学校同事之间的矛盾、校领导的赏识、信任或冷落、怀疑，都可能影响一个教师的发展路向。这就要求校领导抱着一颗关爱之心和敏感之心，去体察老师的所思、所感，信任他们、帮助他们、鼓励他们，使学校成为一个温暖、关爱的大家庭。

第七章 加强教学常规和教学文化建设

来过学校多次的人士都有这样一种感觉:学校中充满了关爱、支持和追求精益求精的氛围。王小平校长和蔼、民主,钱佩红副校长充满了活力和人情味,校长处处关爱着教职工和学生,教师处处关爱着学生,学生关爱着学校里的一草一木、一砖一瓦。在柔性的管理氛围内,学校管理者、学校任课教师、职工以及学生的行为显得十分规范、到位。关爱、支持、追求精益求精是学校给人最大的感觉,也是学校文化的核心内容。这种文化的形成与学校建校时所确立的办学理念、学校领导的管理风格以及学校所制定和实施的规章制度是分不开的。个别化的教师专业发展策略在这样的文化氛围中形成,同时又对这些文化的发展起到了促进作用。本章着重介绍学校教学常规和教学文化的特点及其形成与发展的过程。

初到学校的教师,常常会觉得有些不习惯。他们发现,学校的管理很规范,每个环节、每个细节都规定得严严实实。青年教师林老师来学校任教之前,对学校的高要求、严规范有所了解,做了一定的思想准备。但一进学校她还是感到有些适应不了。就拿批改作业来说,学校规定每个钩打的长度不超过一厘米,对作业上每个错都要圈出来,不能有丝毫懈怠。的确,教师刚开始会感到无所适从,但当他们适应了这里的工作环境,取得进步时,若有人问他们,是什么促使他们取得这些进步时,他们无一例外地都会提到学校严格的规范。正是这些规范和对这些规范的严格执行造就了学校工作细致、到位的学校文化。教师浸染于细致的规范和校领导与教师间、教师与教师间所建立起来的协作关系所共同营造的学校氛围之中,专业得到了健康、快速的发展。

一、加强教学常规和教学文化建设的理念

1993 年,学校刚创办的时候,为了办好学校,我们首先明确了学校的办学理念。我们明确提出了"带领孩子走向世界"的口号,把培养"21 世纪国际型人才的基础素质"作为自己的办学目标,即培养有教养、有竞争力、国际型的人才。

在确定了办学理念之后,接下来的任务就是贯彻落实这些理念。学校的教职员工来自四面八方,如何尽快地把他们凝聚在一起,为办好学校、落实学校的办学理念而共同奋斗呢? 我们想到了"肯德基"的营销理念。肯德基尽管在世界各地都开了连锁店,但制作的配方却是统一的,所有的工序也是统一的规定,这就保证了肯德基的产品无论在哪一个连锁店购买,质量都是一样的,从而建立起自己的信

誉。另外,肯德基的各个连锁店的摆设、布局、色彩都是一样的,形成了统一的标识。这个管理经验不是可以借鉴吗? 中国有一句谚语:"没有规矩,不成方圆。"因而,要实施办学理念,一项重要的基础工程就是建章立制,于是一套严格的管理规范制度就这样建立起来。

二、学校教学常规和教学文化的特色

在上述理念下建立和不断完善起来的学校规章制度,总体看来,具有全面、具体明确和要求严格的特点。

(一) 全面的规章制度

学校的规章制度比较全面,几乎涉及到学校管理和教育、教学的各个方面。这些规章制度从大的方面来看包括学校总的章程条例、师资队伍建设制度、教师职责与教学管理制度、学生管理与作业规范制度、后勤保障系统管理制度和会计管理六大部分。在第一部分"学校总的章程条例"中,又包括"上海世界外国语小学章程"、"上海世界外国语学校董事会章程"和"上海世界外国语小学家长委员会章程"三个文件。在第二部分"师资队伍建设制度"中,包括"上海世界外国语小学教师师德规范"、"师徒带教工作制度"、"教师'低评高聘、优质课时'的评选规定"以及"教师考核评奖标准"等主要规定。在第三部分"教师职责与教学管理制度"中,包括"上海世界外国语小学教育教学常规"、"教学'流程管理'实施意见"、"世界外国语小学班主任职责"、"教学人员岗位职责"、"年级组长工作职责"、"年级组长工作评估体系"、"教研组长工作职责"、"备课组长工作职责"、"体育组长工作的若干规定"等。在第四部分"学生管理与作业规范要求制度"中,包括"上海世界外国语小学学生守则"、"上海世界外国语小学学生奖学金发放制度"、"外籍学生管理制度"、"小学升降旗制度"、"文明班级评比办法"、"午餐管理制度"、"一、二年级语文学科作业规范"、"三、四、五年级语文学科作业规范"、"数学学科作业规范"、"英语学科作业规范"等。在第五部分"后勤保障系统管理规定"中,涉及到财物管理、学校卫生工作规范与后勤人员岗位职责、食宿管理等方面的细致的规定。在第六部分"会计管理规定"中对会计的职责等各个方面也做了详细的规定。

(二) 具体明确的规章制度

学校的规章制度表述得十分具体明确。学校规章制度的全面性在于保障学校的教职员工和学生有章可循,而若每条规定的要求模糊不清的话,就会给制度的执行和实际的教育教学工作带来不便。所以,在确保学校的规章制度没有遗漏的情况下,我们尽量对每条规定的要求做到具体明确。例如在"上海世界外国语小学班主任职责"中,我们规定:"1. 接班后一学年内电话或家访学生家长100%,并要有记录。平时学生缺席一天不来,原因不明的应及时访问或与家长联系。2. 开学一周内(新接班的两周)能完成班主任工作计划,认真填写《班主任工作手册》,期末填好班主任工作考核表。3. 学期初填好《点名册》和《家庭与学校联系册》,每月底向卫生室汇报人数。4. 每月一次,按时发出《家庭与学校联系册》……"在"教学人员岗位职责"中,我们规定:"备课认真充分。开学前,暑假备课量不少于一个月,寒假不少于两周,平时不少于一周。教学态度必须严谨、亲切。要重视常规训练,有稳定的课堂秩序。课前准备要充分,上课不接待客人、不听电话,下课不拖堂,努力提高上课质量。"在"年级组长的工作职责"中,学校规定:"年级组长每月底按《上海世界外国语小学年级组长工作评估指标体系》自评一次,将自身和年级组的情况真实、及时地向校长室反映,并接受校长室的考评。考评与奖金挂钩,以体现'做多做少不一样'、'做好做坏不一样'的原则。考评结果与年级组长见面。"在"教研组长工作职责"中,学校规定:"根据学校工作计划和学校教学工作计划,认真贯彻'加强基础,培养能力,发展智力,培养个性'的教学理念,制定教研组计划,协同检查组内教师的备课及作业情况,安排每月一次教研活动的内容,学期结束做好总结工作;了解、熟悉本学科各年级段的教学大纲,深入备课组,了解备课组活动情况。有目的、有计划地深入课堂听课、评课,平均每周不少于三节。"

有关"学生管理和作业规范的要求"更是细致、明确。例如"一、二年级语文学科作业规范"中对学生书面练习作业的规定是:"每次练习写明课文,习题所在课本页数和题号;右上角写明日期;如是补充题,应注明;字体大小适中,字体高度不超过每格高度的三分之二;做错作业不要乱涂乱改,或用橡皮擦去,或只要把错误部分划一条横线删去……"

(三) 要求严格的规章制度

学校的规章制度要求严格,从上述对学校规章制度全面、具体明确的特点的陈述中就可以感知到这一点。这些细致、严格的规定的确会让新来的教师和学生叫苦不迭,但等他们适应了之后,他们会受益很多。所以,学校很多教师都颇有感触地说:"只要你能在世外干好,你就能在任何学校干好。"

全面、具体明确和要求严格是学校规章制度的总体特点。在这些规章制度中,对教师的切身利益和积极性有着最为直接影响的是学校的激励制度,最能体现这一制度的是学校制定的"教师考核评奖标准"和"教师'低评高聘、优质课时'的评选规定",其中以"教师'低评高聘、优质课时'的评选规定"最具学校特色。学校的教师激励制度充分体现了"奖优罚劣"的原则,"教师考核评奖标准"包括政治学习奖、全勤奖、育人奖、师德奖、风格奖、科研奖、备课奖、上课奖、爱护公物奖、劳动奖、电教奖、兴趣组奖、班主任奖、护导奖、质量奖、服务奖、节约奖、教研组奖、作业奖、岗位责任奖共二十个奖项。这些奖项的设立旨在鼓励、引导各个岗位的教职员工高质、有效地完成各项工作。"教师'低评高聘、优质课时'的评选规定"更是学校富有特色的激励机制。该规定是学校为了表彰优秀的教职员工而特设的既有先进性,又具有专业性的措施。凡学校的正式教师、退聘教师,满负荷工作者均可以参与评选。"低评高聘"、"优质课时"评选的必要条件是:第一,热爱教育事业、热爱学生,认真实施素质教育;模范履行教师职责,教书育人,为人师表。第二,认真对待学校工作,认真上好每堂课,实际效果好,教育质量高。第三,得到学生、家长认可,得到同行认可。第四,年度教育教学展评,综合评定为"优良"。"低评高聘"者除符合上述必备条件外,还必须是年度考核中同一职称教师中的"优秀者",凡"低评高聘"为中高级教师,论文必须经市专业评审委员会核定为 B 级或 B 级以上。"优质课时"获得者除符合上述必备条件外,还必须符合下列条件之一:积极投入教育教学改革,获得市、区科研论文奖或在市、区会议上交流获得好评;班主任工作出色,班级被评为校、区、市级先进集体;近两年社区教学评比,获一、二、三等奖,或在市、区、校经常上公开课并获得好评。"低评高聘"者享受高一级职称待遇,"优质课时"者享受 2 ~ 8 节"优质课时"津贴,享受期为一年。这些激励措施有效地调动了教师的工作积极性,激励了他们的事业心和进取心,同时在全校形成了"以爱岗敬业为荣、以爱生善教为荣、以团结协作为荣、以创优争先为荣"的风气。

上述刚性制度可能会使人觉得学校对教师"管"、"卡"、"压"得过多,缺乏人情味。但事实并非如此。俗话说,"没有规矩不成方圆",为了祖国和孩子的未来,必须对一些基本规范做刚性的要求,这样才能确保教育、教学的质量。刚性的规范有如游戏的规则,在不打破游戏规则的情况下,参加游戏的人可以自由、平等、快乐地玩耍。我们学校的校长、教职员工和学生是完全平等的,只是各自的任务和工作重心不同罢了。我们学校的校长以全心全意服务于教师和学生的发展为己任,为他们营造舒适的工作、学习环境,给他们提供充分施展自己才华的空间,力所能及地为他们排忧解难。教师们都说,王小平校长更像一个和蔼可亲、细心周到的家长,钱佩红副校长更像一个推心置腹的朋友,陈民仙副校长更像一个厚实、周到的大姐,在这样的一个学校中,教师感受不到领导与他们之间的距离,教师可以毫无顾忌地向校长倾吐心声。如果教师有了反常举动、如果同事间发生了摩擦、如果有些教师长时间工作懈怠,校长就会主动找他们谈心,了解事情的缘由,从而找出化解的对策。受到不开心的事情所困扰的教师就会经常收到钱佩红副校长的短信祝福和鼓励;有摩擦的教师会被王小平校长有意安排从事一些合作的工作;工作懈怠的教师会经常被校长所提醒。"刚柔相济,以柔为主"是学校在"人本管理"思想基础上所提出和遵循的管理原则,也是学校文化的主要特色。

三、维持教学常规和教学文化的措施

不管书面的规章制度多么完善,如果不能落实到位,也只是一种摆设。自从学校的规章制度建立以来,我们一直在不断地试用、改进和完善之中,对于那些被证明是必要的、确定了的规定,我们严格执行。有这样一件事情让学校的 C4 老师记忆犹新。那是他第一次登记学生手册上的评定,他直截了当地写上"优良"、"合格"。在他看来,这是一件很容易做的工作,按照他平时的书写习惯,很自然地用草书字体写上了评定等第。可是当时的吴瑞莲副校长看了以后说,这种写法不符合规定,家长会看不明白,而且会从中看到学校教师工作的不规范,将有损学校的形象。于是她要求 C4 老师把所有写好的学生手册全部擦掉,重新誊写。一开始 C4 老师有点想不通:这样的字体家长会看不懂?但后来转而一想:"如果我是家长,我也喜欢字迹端正的学生手册。"于是,他细心地把每一本手册上的评定都擦掉,然后再用正楷重新誊写。这件事花了 C4 老师不少时间,也给了他深刻的教训。从此以后,他在誊写学生的手册时,把每个字都写得端端正正了。上述小事尚且如此,就更不用说对师徒带教、高评低聘、优质课时评定、教学常规等规定的严格执行了。

然而,面对学校间和学校内日趋激烈的竞争和出现的浮躁风气,学校领导明显地感觉到,一段时间里,学校的部分教师为了追求标新立异,把注意力放在设计一些教育、教学和管理的奇招、怪招上,不再重视对最基本的规范和细节的把握。他们敏锐地感觉到这种苗头是危险的。于是,为了重新唤醒大家对最为基础的规范和细节的重视,学校在 2004~2005 学年的下半年在全校开展了"学习 D1 老师"的系列活动。

D1 老师是学校一名从事二年级语文教学的普通女教师。说她普通是因为她确实没有张扬的性格和逼人的才气,然而,不管什么班级,凡是让她带上一段时间,学生就判若两人,具有良好的行为和学习习惯。任意给出一个班级的作业或考卷,如果这个班学生的字写得犹如书法,那么这个班十有八九是 D1 老师带的班。另外,学生家长也反映说,自从 D1 老师教了自己的孩子后,孩子的学习习惯和行为习惯都有了很大的改观。听了 D1 老师课的外部专家也一致反映说,D1 老师的课很值得大家琢磨。徐汇区教师进修学院的 S8 老师在多次听了 D1 老师的课后,由衷地写道:

"D1 老师的课很本色,就如同她的衣着打扮,从不见丝毫花哨。她从不因这是家常课、评比课,抑或检查课、公开课而做特殊的处理,她的处理始终如一,从不会因此而去刻意增删一些什么内容或什么环节。无论什么时候你去听课,她都那么本色——经得起推敲的本色,对得起孩子的本色。

D1 老师的课很简单,没有不必要的环节,没有太多的教具,没有煽情的语言,没有过分的表情,没有眩眼的教法……一本教科书,一支粉笔,一两张挂图,一摞卡片,少许现代媒体配合,朴实的语言,适当的指点,有效的组织,长期来形成习惯的做法……学生在轻松中听啊、读啊、想啊、说啊、写啊、练啊……但一节课下来,该教的教了,该读的读了,该说的说了,该写的写了,该落实的落实了,该扎根的扎根了,该拓展的拓展了……大部分学生知识巩固了,少量尖子学生学得更多了。

D1 老师的课很严密,一堂课有一堂课的重点,一个环节有一个环节的要害,该解决什么,该解决到什么程度,前后怎样过渡、怎样照应,她都有细致的思考,都作了精心的安排,该下力之处,她很下力;该带过之处,点到为止;似乎多一点就嫌烦,少一点就不足,她处理得总能那么恰到好处。一堂课拆开来看,似乎大家都会;整堂课连起来看,教师的匠心就能显现。同样,表面看来波澜不惊,深入去想工夫很深,加之她在课堂上的一言一行、一举一动、一笑一颦都能让人觉得亲切自然。所以她教的学生,久而久之,也很平和,很自律,有教养,有如老师般的良好习惯。

D1 老师的课不累人,老师不累,学生不累,听课的人也不累。但在这"不累"的背后,是 D1 老师丰厚的积累——文化的积累、经验的积累、求索的积累、艺术的积累,课不累人人自累,没有平时的累,绝没有课的"不累"。每次听后,总会对人感叹道:好课、好课。

学校的 Y5 老师作为 D1 老师带教的徒弟之一,对 D1 老师的课堂教学风格和班级管理风格有很深的体验,并深深折服于她的敬业精神和细致、到位的处事风格。Y5 老师说:"D1 老师常说,她选择了做教师,就选择了细致到位的工作。在整个班级管理的过程中,她始终身体力行,要求学生做到的事情自己首先做到,用自己对教育事业的无限热爱,言行一致、光明磊落的品质,对工作认真负责、精益求精的态度去感染学生。正是由于 D1 老师这种细致到位的工作作风,即使每天都重复发生的一些司空见惯的小事,在 D1 老师眼里都是一样的重要,她要让学生从每一个细节中去感受体会如何养成良好的行为习惯和品质。"

学校的 S9 老师也是 D1 老师带教的一位徒弟,她对 D1 老师细致、认真的带教印象深刻。她记得在和 D1 老师共同准备《海中救援》这篇课文时,有一句需要重点理解的句子——"又过了一小时,对汉斯的母亲来讲,比永久还永久。"为了帮助学生更好地理解这句话,她们伤透了脑筋。D1 老师更是绞尽了脑汁。突然,D1 老师眼中灵光闪动,笑眯眯地说:"这样吧,这句话让全班齐读三遍,然后我们就一分钟不说话,让孩子们在等待老师说话时体会时间的漫长。那么他们在此基础上就能体会出 60 个一分钟,分分秒秒对汉斯的母亲来说都是煎熬。"次日,她们用这个方法果然让学生理解了这一小时的漫长。不仅如此,D1 老师班里的孩子还流泪了,不仅是因为这个环节设置得巧妙,更因为 D1 老师在讲解时禁不住流泪了,已经完全和文中的母亲融为一体了,由此感染了学生们,使他们感同身受。S9 老师从 D1 老师身上感受到了教师不仅要备好课,更要用全身心的投入与激情去引导学生。

各方面的反映和我们本来就有的察觉促使我们对 D1 老师的教学和管理"奥秘"探个究竟。在取得 D1 老师的同意下,钱佩红副校长亲自跟踪了解 D1 老师的课堂教学和日常管理,并用摄像机录下了 D1 老师的教学活动情况,学校还对 D1 老师进行了跟踪研究。跟踪了解和访谈的结果使大家一致想到了用四个字来概括 D1 老师的教学和管理特色:细致、到位。

就拿她的写字教学来说吧,在教授学生学写新字时,D1 老师一般要求学生在写字本上把每个字写五遍。前两遍是描红,后三遍是自己书写。D1 老师先利用描红来巩固学生的笔顺,并提醒学生如何写出笔锋。D1 老师本人书写的第一遍进行的是分解教学,即 D1 老师说一笔,示范一笔,学生练习一笔。第二遍时,D1 老师说,学生练。第三遍时,学生自己练。一个阶段后,可在描红后,让学生观察,找出靠近横中线或竖中线的关键笔画，老师稍作点拨后，让学生自己练习写第一遍，然后让学生找自己第一遍的败笔，在写第二遍时自我纠正，写完后，再找不足的地方，第三遍时自我完善。过一段时间后，每课的生字无须字字指导，可只挑一两个学生把握不好的字进行指导即可。在学生书写时，教师的指导也十分重要。D1老师总是脚勤手快，不断巡视，及时纠正学生的错误，帮助有困难的学生。发现学生的某一笔或某一个字写得很好，及时用"○"表示表扬，学生往往是看到第一个"○"后就想要第二个、第三个，正是第一个"○"激励他不断要把后面的字写好。为了督促学生做到下笔认真，D1老师的写字教学的另外一个特色是，限制学生使用橡皮的次数。低年级的学生刚开始写字时，D1老师不允许他们把橡皮放在桌上。因为低年级的学生为了追求完美或是得到老师的表扬，他们就会写了擦、擦了写，这样既浪费时间，又影响整洁，甚至把本子也擦破。等到一次作业写完或是在巡视指导时，D1老师再教学生如何擦。而对于每次作业，D1老师规定最多只能使用三次橡皮。常此以往，她所教的大多数学生都练就了下笔字有神的功夫。D1老师还巧妙地运用激励机制，激发学生写好字的积极性。D1老师每次批完作业，就会把学生的写字本分成四档，优的一摞，良的一摞，中、及格一摞，不及格一摞。优良的学生受到表扬，不及格的学生受到提醒。如果学生得到三个优，就可得到一张粘纸，如果有三个粘纸就可得一支铅笔，如果有累计十支铅笔，就可得到一本写字本。这样一来，学生就会为写好字不断努力。

D1老师对学生的行为管理是细致、到位的，有一个细节让钱校长印象深刻。一天下午，全校学生要到附近的社区参加义务劳动，具体任务就是捡拾社区中的树叶、废纸等垃圾，其他班的孩子一听老师说到参加义务劳动的时间了就走出班级排队去了，D1老师还在给学生详细讲解如何带一次性塑料手套、捡好的垃圾要倒在垃圾箱内，活动完成后，把塑料手套依次脱下，扔在垃圾箱内。待学生们都清楚后，才走出班级。做眼保健操也是这样，D1老师会耐心地、轻轻地纠正学生每一个不到位的动作。学校教师对D1老师这种细致、到位的做法非常赞叹，她却羞涩地说道："其实，我们学校的每位老师工作都很细致，我真的没什么特别的。"当问及她现在的做法和以前的教学有什么不同时，她说道："如果说现在和以前的教学有什么不同的话，那就是在每一个细节上比以前的要求更加精细了。"这主要是因为学校在每个教育、教学环节上都有细致的规范，教师只要遵照这些规范去做，基本上就能把工作搞好。围绕着育人目标制定的恰当的、细致的学校规章制度成为引导教师敬业、认真、"比、学、赶、帮、超"的动力和压力。

对D1老师的深入了解和钱佩红副校长本来就有的对教师忽视基本规范的担心促使钱副校长决定在全校开展"学习D1老师"系列活动，以重塑学校细致、规范的学校文化。"学习D1老师"的系列活动由钱佩红校长主管，活动时间持续一学期，活动内容分为三个板块：D1老师写字教学展示，"我心中的D1老师"、D1老师班主任艺术。在第一次集体听D1老师做写字教学的报告时，钱佩红副校长对"学习D1老师"系列活动的目的做了动情的说明，她的主要讲话内容如下：

细致到位——做一个追求完美的人

把每一件简单的事做好就是不简单;

把每一件平凡的事做好就是不平凡。

D1 老师是在我们身边的一位普普通通的语文教师,她不张扬,但外柔内刚,她默默地在岗位上规范着孩子们的行为,教孩子们做人,教孩子们处事,教孩子们学本领。淡淡的指点、到位的要求、严格的检验、快乐的收获。曾几何时,我们用温情教育来感受她对孩子的真情:用纤细的双手捧着《哈佛家训》,给孩子们讲述其中每一个真实感人的故事,在人生开始的时候,让孩子们接受高尚的思想,修炼优良的操行,形成健康的习惯;从一滴水看见大海,由一缕阳光洞见整个宇宙。用温暖的手,紧握孩子们的小手,抚摸孩子的额头,一一祝福孩子,愿他们诸事成功;点燃孩子们内心深处的智慧火花,使他们见微知著⋯⋯

温情中,我们感悟:知识和能力固然是孩子们所需要的,但他们更渴望的是理解、沟通、交流,需要一种老师从心底流淌出的温情关怀。教育不仅仅是知识的传递,也应该是智慧的碰撞、情感的交融;不仅需要教师的召唤,更需要学生的回应。课堂也不应该是一座精心修筑的围城,更应拆除墙壁,让学生感受生活的美丽,呼吸鲜活的气息,吹拂透着花朵幽香的微风。

D1 说:"任何值得做的事,都值得做好;任何值得做好的事,都值得做得尽善尽美。"

在我们这样的学校,规范一直是学校的法宝。《学生一日规范》、《上海世界外国语教学流程管理实施意见》、《上海世界外国语小学规章制度》等等,是我们每个人的行为准绳。我们有"一二三四大步向前走"的口号,我们有每天应该检查和记录的点滴行为表。而今,当我们面对如此精彩的世界,却开始糊涂,总要设计一些奇招、怪招、绝招,想标新立异,往往忽视了最值得关注的东西。所以,沉下心来,想明白一件事,不管你的目标如何高远,如果对规范的要求把握不到位,就不能称之为优秀。细节的准确、生动可以成就一件伟大的作品,细节的疏忽会毁坏一个宏伟的规划。就如同我们随着学校声誉的提高,压力的攀升,我们有时一味追求深的、难的、偏的、高要求的东西,看到身边有太多优秀的孩子,优秀的家长,就以为所有的人都应该是这样的,都能够这样。我们过分追求学生的学业成绩,我们不断把学业要求拔高,而往往忽略了最为基础的做人做事,因此,我们忽略了的是制胜的关键,是最基础的,而最基础的就是应该绝对到位的。正所谓最简单的招式练到极致就是绝招。学校的发展不能够从第二级台阶开始,它必须稳步走好第一级,一步一步稳扎稳打,稳步前进。

今天,我们身边有太多好教师,让我们从学习 D1 老师开始,了解她一天的工作状态,以互相学习,彼此共享成绩,力求把身边最简单、最平凡的小事做好。

D1 老师的成功没有捷径,可贵的是在行为之前,必须经过极其认真细致思考,力争到位,只有持之以恒把它做得最好。大事,必成于细,小事成就大事,细节成就完美。细节的宝贵价值便在于它是创造性的，独一无二的，无法重复的。《细节决定成败》中说到：细节描写不要说重复，连"转述"都不行，能够转述的只能是他人的东西。

细节实质是什么？细节的存在便是"用心才能看得见"，关注细节，这是一种极端责任感的表现，值得人们尊敬和敬仰的行为。看不到细节，或者不把细节当回事的人，对工作缺乏认真的态度，对事情只能是敷衍了事。这种人无法把工作当作一种乐趣，而只是当作一种不得不受的苦役，因而在工作中缺乏工作热情。那么永远被动地做别人分配给他们做的工作，甚至即便这样也不能把事情做好。而考虑到细节、注重细节的人，不仅认真对待工作，将小事做细，而且注重在做事的细节中找规律找机会，从而使自己走上成功之路。

细致到位实际上是一个长期的准备，从而获得一种机遇。细致到位是一种习惯，是一种积累，是一种眼光，一种智慧。只有保持这样的工作标准，才能注意到问题的细节，你才能做到为使工作达到预期的目标而思考细节，才不会为了细节而细节。须知天下一个不经意的细节，往往能够反映出一个人深层次的修养。

学校要想做好、做强，必须做到到位才行。任何一个环节太薄弱都可能导致学校教学质量的滑坡。在规范面前，没有任何理由做不好！（眼保健操、专时专用、拖堂现象、写字指导，当然不否定人的个性和教学艺术。）因此，接了手的事必须按时、按标准完成，不能完成的没有任何解释的理由；已经做完的事情，自己检查认定完全没有错误再上报，不等检查出了破绽或漏洞再辩解。把小事做细了，工作效率自然提高了。

"泰山不拒细壤，故能成其高；江海不择细流，故能就其深。"所以，细节决定成败。而教育者的成功就是看你的学生的一言一行。孩子们的成功，就是你的成功，教育不是作秀，教育是艺术，教育是育人，是教师用心、用功造就身边的每一个生命，我们用最纯净的心，期待他们成功。

总之，任何值得做的事，都值得做好；任何值得做好的事，都值得做得尽善尽美！

我们身边有太多太多的好教师，D1 老师就是其中的一个，我们共同努力，力争细致到位，做一个追求完美的人。

俗话说，榜样的力量是无穷的。同事们在了解、学习 D1 老师的敬业精神和细致、到位的风格之后，都颇受触动和启发。他们表示，在追求教学和管理创新的同时，绝不以牺牲学生基本知识和技能的培养、良好的行为习惯的培养为代价，一定要从每件小事做起，把每件事情都做到位，为学生全面、健康的发展服务。

四、教学常规和教学文化的完善

全面而又严格的学校规章制度及其落实给学校学生带来了终身受益的影响。许多从学校毕业的学生，直到现在，还保持着在小学里养成的行为习惯。有校友说:"直到现在,我还记得小学里老师的要求,坐要有坐相,坐三分之二的椅子;女同学穿裤子和裙子时要有不同的坐姿,手要放在合适的地方;吃饭时不发出响声。这些习惯直到现在我还保留着。"还有校友说:"直到现在我还是认真写每个字,字写得太挤了就擦掉重写。写文章都会注明日期,甚至注明标号,形成规范的格式,这都是小学时养成的习惯。"另外一位中学校友颇有感触地说:"我进中学后,每次打扫教室需要搬动桌椅,我总是轻搬轻放,而许多同学搬起桌椅来声音响得刺耳,我听了很不习惯。离开教室时,我总会把椅子靠近课桌旁放好。"还有一位校友说道:"我能够担任这样的工作,也得益于小学期间老师对我们'严谨求实'学风的培养。在小学时,年年要评'好习惯奖',标准很严格。一年中不能有一次忘带作业和课本。正是这样的严格要求,才养成了我每天检查书包的习惯,这个习惯又迁移到了做其他事情上。应该说,我既不擅长唱也不擅长跳,我的长处就是甘于做一些细小的事情,为同学做幕后工作。每次搞活动,我对策划、联络、通知、跑腿等每一件小事都做得一丝不苟,这种不忽视每件小事的习惯就是从小学开始养成的。只有把每件小事都认真做好了,人们才会信任你,才会愿意把事情交给你去完成。"的确,孩子在小学里养成的好习惯、形成的道德信念可以对他们今后的发展有重要影响。

孩子在学校的健康成长是与老师的悉心教育分不开的,而老师的工作态度和方式又受到学校规章制度和文化氛围的影响。在学校"刚柔相济,以柔为主"的管理风格的影响下,你会发现学校的每个教职员工都有很强的敬业精神,不但教师满腔热情、一丝不苟地工作,就连保洁工也对自己的工作一丝不苟。如果问她为什么做得这么认真,她会告诉你:"把地打扫干净了,把环境搞整洁了,人们对学校的印象也就好了。"在学校,人人把自己和学校紧密联系在一起,形成了水乳交融、荣辱与共的情感。正是这种情感和一丝不苟的敬业精神造就了世外这所品牌学校。

但同时我们也感觉到,严格的规章制度是一把双刃剑,它在一定程度上可能会削弱教师和学生的自主性和个性的张扬。钱佩红副校长从教师无意说出的一句话中感觉到了这种情况的存在,一位教师无意中说:"学校教师要'到位',但不'越位'。"这暴露了教师潜意识中的被动适应规章制度的倾向。是啊,经过这么多年的经营,学校的规范是严谨了,但统一的要求太多,限制了教师潜能和个性的发挥,仿佛一切只要照规定去做就行了,用不着自己动脑筋多想。学生的行为是文明了,但文静有余,活泼不足。如何对学校的规范进行继承、发展和完善,使得每个人的个性在得到充分发挥的同时又达到必要的、共同的要求呢?其实,这个问题不断地摆在校领导和教师的面前,学校也一直在对学校的规章制度、其他措施进行调整和完善。只是,这依然是学校今后要思考的一个重要问题。

第八章　个别化教师专业发展模式的成效与改进

学校之所以提出个别化的教师专业发展,主要目的在于提高校本教师培训的针对性和实效性。所谓实效的校本教师培训,我们的理解就是:培训确实能够解决教师的专业之需,能够切实改变教师的课堂教学行为或管理行为,能够真正改进学生的学习态度和行为、提高学生的学习成绩。虽然国际国内还没有多少确凿的证据能够证明,教师的专业发展与学生学习成绩的改善之间是否存在着必然的联系,但改进学生的学习、促进学生的全面发展是我们采取个别化的教师专业发展策略的终极目的。因此,考察学生学习的变化是我们衡量教师专业发展成效的一个主要指标。由于国内还没有成熟的教师专业发展评价指标体系可供参照,学校在学习了有关理论的基础上并结合自己多年的探索,提出了一个粗略的教师专业发展评价体系。

一、教师专业发展的评价体系

学校的教师专业发展评价体系侧重于评价专业发展的结果而不是过程。我们把专业发展的结果主要理解为教师业务水平的改进和学生学习的改进。衡量教师业务水平改进的指标有:(1) 教师学历的提高;(2) 教师职称的晋升;(3) 教师课堂教学行为的改进;(4) 教师管理水平的提高;(5) 教师科研水平的提高;(6) 教师自主学习能力的提高。衡量学生学习改进的指标有:(1) 学生道德品质的提升;(2) 学生学业水平的提高;(3) 学生创新精神和实践能力的提高;(4) 学生个性特长的发展。具体说来,各个指标及具体评价方法如下。

(一) 教师业务水平的改进指标

现在世界各国政府都充分认识到了教师专业发展的重要性。教师专业发展之所以重要就是因为它能够提高教师的业务水平,从而提高所培养的学生的素质,进而提高整个民族的素质和国家的综合竞争力。那么如何衡量教师的业务水平呢?学校的做法是着重考察以下六个方面。

1. 教师学历的提高

学历水平在一定程度上反映着教师专业水平的高低。教师参加高一级学历进修的热情、决心和通过率可以反映出教师要求提高专业水平的进取心。因此,考察在采取个别化的专业发展策略后,学校参加和通过的高一级学历进修的教师的比例,在一定程度上能够反映出专业发展的成效。

2. 教师职称的晋升

教师的职称等级在一定程度上更直接地反映了教师的业务水平和业务能力。通过考察在实施个别化的教师专业发展策略后,学校教师在职称等级上的晋升情况以及高级职称教师的比例等,在一定程度上能够反映出教师专业发展的成效。

3. 教师课堂教学行为的改进

教师课堂教学行为的改进是对教师专业发展成效的有力的体现。不管学了多少理论,也不管受到了多少深刻的启发,如果不把这些学习和体会反映在自己的课堂教学行为上,一切都是空谈。所以,我们学校非常重视考察教师课堂教学行为的变化。为了考察教师课堂教学行为的改进情况,我们将收集教师不同时期的课堂教学资料,教师参加学校、区和市层面的公开课和教学比赛的情况等。

4. 教师管理水平的提高

教师的管理水平包括任课教师的课堂管理水平、班主任的管理水平、年级组长、备课组长、教研组长、校长以及其他管理人员的管理水平等。为了考察学校教师和管理人员管理水平的改进情况,我们将收集不同时期的管理工作资料、管理经验的交流、管理岗位的评比等资料。

5. 教师科研水平的提高

随着教育理论在解决具体的教育实践问题中的无力,以及人们对教学实践的不断深入的认识,人们意识到,教师作为亲历教育实践的主体,由他们对自身教育实践进行研究是最能够解决实践问题的途径。教师从事研究工作,不仅可以改进教学实践,而且还可以提高自己的教学技能,教师应当成为教学和研究的主任,成为发现问题、解决问题的当事人,而不是旁观者、局外人。这也正是我们当前所说的,教师不能仅仅满足为"教好课",还要能够成为课程的开发者和教学的研究者。为了引导教师正确认识科研,培养教师的科研能力,并激励教师投入到科研工作中去,学校在长期合作伙伴——上师大的夏惠贤教授等人的支持下,给教师开讲座,让他们消除对科研的"高不可攀"和"华而不实"的认识,动员全校教师都来参加教育科研,当科研的主人;给教师提供具体的指导,让他们清楚如何开展科研;在组织上,学校在校务办公室中专门设立了分管科研的干部,负责全校教科研课题的申报、立项、论证、管理和指导;学校还专门设立教科研奖,鼓励教师投入科研工作。

在考察教师的科研水平时,我们注重收集参加科研或发表有关科研成果的教师的比例;科研成果的水平;科研成果的获奖情况等。

6. 教师自主学习能力的提高

任何外因都是变化的条件,内因才是变化的根据。在教师专业水平提高的过程中,教师的自主学习意识和能力起着关键的作用。因此,要衡量教师专业发展的成效,就不能忽视考察教师自主学习的意识和能力。在评价教师自主学习意识和能力时,我们着重观察教师是否好问、是否好学、是否经常自我反思等。

（二）学生学习的改进指标

教师专业发展的最终目的是为了改进学生的学习,促进学生个性的全面发展。因此,考察学生学习的改进情况最能反映出教师专业发展的成效。然而,当前国内外还没有多少证据表明,学生学习的改进与教师的专业发展存在着必然的联系。这一方面是由于影响学生学习的因素过于复杂的缘故,另一方面是因为存在着测量和评价难题,我们很难全面、准确地测量出学生各方面的发展。这也是我们在实际工作中遇到的测量难题。在长期思考和探索的基础上,我们提出了以下衡量学生学习的指标和思路。

1. 学生道德品质的提升

培养小学生良好的道德品质是小学阶段一个重要的教育任务。小学里的每个教师都担负着培养小学生道德品质的重任。因此,考察学生道德品质的改进情况可以作为考察教师专业发展的一个指标。在考察学生的道德品质时,我们着重通过观察、座谈等方法收集小学生不同时期的行为表现资料以及在行为规范方面表现突出的学生的比例等。

2. 学生学业水平的提高

这里的学业水平主要指小学生在各门文化课上的表现。在考察学生的学业水平时,我们着重收集学生在不同时期的考试成绩以及学生在各种学科知识竞赛中的获奖情况等。

3. 学生创新精神和实践能力的提高

促进学生个性的全面发展是我国教育的目标。在学生个性的全面发展中,培养学生的创新精神和实践能力是关键。学校非常重视培养学生的创新精神和实践能力,在促进教师的专业发展时,我们把此作为教师专业发展的一个重点。因此把此作为一个考察指标可以在一定程度上反映出教师专业发展的成效。在考察学生的创新精神和实践能力时,我们着重收集学生的各种小制作、小发明,在校、区、市、全国乃至国际比赛中的参加和获奖情况等。

4. 学生个性特长的发展

促进学生个性特长的发展是培养全面发展的人的重要组成部分。考察小学生个性特长的发展在一定程度上可以反映出教师专业发展的成效。在考察学生个性特长的发展时,我们着重通过观察、收集数据等方法了解学生个性特长的发展资料。

二、 学校教师专业发展的成效

根据我们构建的评价体系,学校个别化的教师专业发展取得了如下成效:

（一）教师业务水平的改进

1. 教师学历的提高

在教师的学历提高方面,目前,学校已有 42 位教师达到大专以上学历,其中本科学历的有 20 人,在读研究生学位者 2 人。基本达到并部分超过了市教委规定的标准。更可喜的是,学校教师在取得相关学历的同时,教育理论水平和教学水平有了切实的提高,实现了学历和能力的双提升。

2. 教师职称的晋升

在教师的职称晋升方面,近年来,学校有国家及市级骨干教师各 1 人,中学高级教师 3 人,小学高级教师 26 人,区级骨干教师 8 人,校级骨干教师 10 人。许多教师都形成了自己的教学风格,在市、区有一定的影响和知名度。全校教师的教科研意识普遍增强,教科研水平有所提高,撰写的论文越来越规范。

3. 教师课堂教学行为的改进

在教师课堂教学行为的改进方面,学校许多教师都形成了自己的教学风格,在校、区、市、全国的教学比赛中取得优异成绩的教师越来越多。学校良好的教育教学氛围,为我校教师的成长提供了肥沃的土壤,教师在这样的环境中,通过自主努力、小组合作研讨和专家引领,形成了各个不同的教学风格。我们这里所说的教学风格是指教师在教学活动中所体现出的具有个人特点的风度和格调,是教师教学思想、教学艺术特点的综合表现,具有独特性和稳定性。我校教师的教学风格从大的类型来看,有主演型/导演型、情感型/逻辑型、知识还原型/能力创造型等风格。

主演型教学风格的教师注重系统知识的传授,经常采用讲授、演示等方法。这种教学风格的教师如同主角演员,注重塑造个人的讲台形象,注重对教学内容的组织、教学语言艺术及板书艺术等。导演型教学风格的教师则强调学生的主体地位,突出教学方法,经常采用讨论、问答、访谈等方法。这种教学风格的教师如同导演,注重学生学习的自主性、师生之间情感上的沟通,调控课堂能力强。情感型教学风格的教师在教学中体现以情促学的特点,强调以真挚、丰富的情感激励学生,注重教学语言的形象生动、教学气氛的和谐明快、讲解的声情并茂。逻辑型教学风格的教师在教学中往往体现出以"以理晓人、以理服人"的特点,强调以严密的逻辑思维和推理激励学生,注重知识内容的逻辑性、教学语言简明扼要、教学气氛严谨、教学思路清晰。知识还原型教学风格的教师尤其注重再现与复制知识、技能。能力创造型教学风格的教师善于探索新事物,创造新事物,在教学中往往具有创造性。我校教师多样化的教学风格使学校的教学工作显得异彩纷呈。

在学校的鼓励和支持下,我校教师踊跃参加全国、上海市及区(县)举办的各级各类教学比赛,并在各种比赛中获奖。在 2001 年至 2005 年间,我校有 5 位教师分别获得"全国首届小学英语教师教学技能'口语表达'"一等奖、"全国首届小学英语教师教学技能'才艺展示'"二等奖、"2002 年度全国小学英语课堂教学优秀观摩课"以及"全国首届小学英语教师教学技能'微型课设计'团体项目"一等奖等。在同年间,我校有 9 位教师分别获得"'贝林格杯'上海市双语教学展能活动"一等奖、"上海市青年教师牛津教材评比"一等奖、"上海市中青年教师教学评奖活动小学英语学科"一等奖、"上海市中小学中青年教师语文教学"二等奖,等等。在同年间,我校有 25 位教师在上海市区(县)级的各种教学比赛中荣获各种奖项,如"2001～2002 学年度徐汇区小学青教评比英语学科新秀"一等奖,"2001～2002 学年度徐汇区小学青教评比数学学科新苗奖","2001～2002 学年度徐汇区小学青教评比语文学科新苗奖","徐汇区 2003 学年度小学语文学科中青年教师教学评比"一等奖,"2001～2002 学年度徐汇区小学青教评比音乐学科新苗奖"和"2001～2002 学年度徐汇区小学青教评比信息技术新苗奖"等。

4. 教师管理水平的提高

在教师的教育教学管理水平上,学校越来越多的教师能够做到细致、到位、高效的管理。我校的年级组长、教研组长、班主任以及任课教师等教育教学管理水平日益提高。越来越多的教师由于出色的表现在全国及市、区级的各种教育教学管理评比中获奖。在 2001 年至 2005 年间,我校有 1 位教师获得"徐汇区首届师德标兵"称号,1 位教师获得"2004 年上海市优秀教育工作者园丁奖"、3 位教师获得 2001 和 2004 年度"徐汇区优秀教育工作者园丁奖"。在同一时期,有 2 位教师获得"徐汇区优秀班主任"称号;获得"上海市金爱心教师"奖项的有 5 位,获得校级"金爱心教师"奖项的有 50 位;获得"2004 年度徐汇区少先队工作先进个人"的 1 名;同时我校还获得"上海市行为规范示范校"铜牌学校、"上海市德育先进集体"称号,等等。

教师管理水平的提高是与校领导日益精湛的管理水平分不开的。为了加强学校的管理、促进学校的发展,我校着重采取了以下措施:第一,重视制度建设。根据新的形势,学校重新修订了内部管理的各项制度。2003 年,建校十周年大庆的日子里,我们完成了《上海市世界外国语小学规章制度汇编》《上海市世界外国语小学规范要求》。每学年我们都对学校文明公约进行修订,为形成学生文明行为,学校实行了总护导负责制,采取了日日查,周周公布,月月小结,学期展示,年终评比的方式,使人人信服,使班班找到距离,力争完善,为文明班的评比提供了最有力的依据。第二,深入开展职业道德教育,规范职业行为。我们学习《公民道德建设实施纲要》和《上海市中小学教师职业道德规范》。并与家委会合作,开展"爱心工程";开展"诚信工作"。在学校开展"人无信不立"、"诚信在岗位",做到了说真话做真事。第三,创新管理机制,实施发展性评价。为了加强师资队伍的建设和管理,我们把握目标导向,创新管理机制,实施发展性评价,利用"科学 + 民主 + 情感"的综合管理,"优秀教研组 + 个人绩效"的办法,使"要教师发展"转变为教师"我要发展"。总之,我们的理念是:"没有管,只有理;没有管理,只有沟通;只有机会"。王小平校长由于出色的管理不仅获得"徐汇区首届师德标兵"称号,而且还获得"世界杰出人士"称号。

5. 教师科研水平的提高

在教师的科研水平上,我校教师的科研水平日益提高。在 2001 至 2005 年间,我校教师承担了 1 项教育部科学规划课题,承担了 5 项上海市教育科学规划课题和上海市青年教师基金会课题,承担了 2 项徐汇区教育科研课题,此外,每位教师都要参与校级课题。在同一时期,我校教师在全国中文核心期刊发表学术论文20余篇,在其他各类公开发表的学术刊物上发表学术论文百余篇。在2001至2005年间,我校获得2项"上海市教育科学研究成果"二等奖,1项"上海市青年教师教育教学研究课题成果奖",4项"徐汇区教育科研成果奖"。在同一期间,我校教师获得1项"全国优秀论文学术成果"特等奖和多项上海市及徐汇区教学论文奖等。此外,2人获得"徐汇区科研先进工作者",我校还荣获"徐汇区科研先进集体"。

6. 教师自主学习能力的提高

在教师的自主学习能力上,大部分老师都能够做到持续学习和反思。我校大多数教师都能经常写教学随笔、教学反思日记等,这对提高他们的课堂教学水平起到了积极的作用。我校教师还自发通过高一级的学历进修来提高自己的业务水平,有相当部分教师已经完成大学本科课程学习并取得相应学历,还有一些教师正在攻读研究生学位课程和大学本科课程。此外,大多数教师都能根据课堂教学的需要自发查找和消化各种信息资源。

(二) 学生学习的改进

1. 学生道德品质的提升

我校自从2001年进行个别化的教师专业发展探索以来,更加优化对学生道德品质的教育,使得我校学生的道德品质日益提升,逐步形成自尊自爱,自信自强,诚实公正,惜时守信;仪表端庄,热情大方,彬彬有礼,宽厚待人;会学善学,视野开阔;个性鲜明,健康向上,兴趣广泛,学有特长。逐步由道德要求内化为自身需要,为每个学生的终身发展奠定扎实的基础。

自2001年至2005年,我校有1位学生被评为"上海市十大金爱心学生标兵",还有数10位学生被评为上海市、徐汇区的"优秀少先队员",近1700名学生获得校"阳光少年"称号;有2个班级获得"徐汇区雏鹰中队"称号,3个班级获得"上海市金爱心集体",我校还被评为"上海市红旗大队",等等。

2. 学生学业水平的提高

我校自从2001年进行个别化的教师专业发展探索以来,教师们更加注重对学生学习过程与方法的指导,使得我校学生更加乐学、善学、会学,学习能力和学习成绩日益提高。

在教师的悉心指导下,我校学生多次在国际、全国、上海市及区(县)举办的各类竞赛中频频获奖。在2001年至2005年间,在国际奖项上,我校学生获得过"世界华人小学生作文大赛"、"国际中小学生楚才作文竞赛"广发银行杯等。在全国层次上,我校学生获得过"'希望之星'英语风采大赛全国总决赛"小学组一等奖,"首届全国青少年斯诺英语口语大赛全国总决赛"少年B组一等奖,"全国小学生英语竞赛"四年级组一等奖,"'希望杯'全国数学邀请赛"四年级组一等奖,"华东六省一市中小学生作文比赛"小学组二等奖等。在上海市和区(县)层次上,我校学生更是获奖累累,不胜枚举。

3. 学生创新精神和实践能力的提高

培养学生的创新精神和实践能力是学校教育的重要任务,它关系到我们国家和民族的兴旺。我校非常重视对学生创新精神和实践能力的培养,除了在学校的教育教学中渗透对学生创新精神和实践能力的培养外,我们还鼓励学生参加各级各类创新性的和动手操作类的大赛,在大赛中提高学生的创新精神和实践能力。

在2001年至2005年间,我校学生多次在国际、全国、上海市及区(县)举办的各类创新性竞赛和动手操作类竞赛中频频获奖。在国际奖项上,我校学生获得过"国际头脑奥林匹克竞赛'欧洲杯'"优胜奖等。在全国层次上,我校学生获得过"中小学生信息技术创新与实践活动"CG电脑动画与手工绘画创作竞赛电脑动画小组决赛三等奖,"中国青少年数学论坛趣味数学解题技能展示活动"四年级组一等奖等。在上海市层次上,我校学生多次荣获"全国青少年信息学奥林匹克联赛"奖项,"中国上海头脑奥林匹克竞赛'特技车'"奖,"小学计算机竞赛LOGO程序设计"奖,"上海市青少年车辆模型技能静态老爷车模型"小学组一等奖等。

4. 学生个性特长的发展

培养个性全面发展的人是素质教育的重要组成部分。在促进学生个性特长的发展方面,我校教师倾注了很多精力。我们除了给学生提供个性发展的空间和支持外,还鼓励学生参加各种比赛,充分展示自己的个性特长。

在2001年至2005年间,我校学生多次在国际、全国、上海市及区(县)举办的各类竞赛中频频获奖。在国际奖项上,我校学生获得过"埃及开罗第十届世界和平书画展国际青少年儿童书画奖"金奖,"国际拉丁舞大赛"第三名,"第五届绿星国际少年儿童美术、书法、摄影大赛"金奖,等等。在全国层次上,我校学生获得过"全国中小学生优秀美术书法摄影作品"金奖,"全国少年儿童书画大赛"金杯奖等。

三、学校教师专业发展中存在的问题与改进设想

在学校对个别化的教师专业发展进行长期探索的基础上,我们总结出了一些针对处于不同专业发展阶段教师的、不同教研组的、不同教师个体的专业发展促进策略,这些策略确实在一定程度上提高了学校教师的专业水平,改进了学校学生的学习。但是,由于我国当前的课程教学改革所处的复杂的教育和社会背景、固有的教师教育传统、关于教师专业发展的研究比较薄弱等因素,学校在个别化的教师专业发展的探索中,发现有许多问题都有待进一步研究和深入探索。这些问题为我们今后的工作指明了方向。

(一) 教师专业发展的动力不足

在个别化的教师专业发展的探索过程中我们发现,大多数教师都能积极、认真地投入各种专业发展活动,如坚持撰写教学日记、积极对待研究课并能踊跃发表意

见、认真对待优质课时评定等。这些教师的付出得到了优异成绩的回报。然而，总有一小部分教师对专业发展活动不够重视，他们总是在不得不参加专业发展活动的情况下才出于应付而参加一些活动，他们本人是不会主动进行教学反思的，参加研究课时或者不发一言或者寥寥数语，应付了事等。导致这些教师专业发展动力不足的原因是多方面的，有些教师是因为本身缺乏对教师工作的热爱和抱负心，有些教师是因为一段时间内被恋爱、婚姻、家庭或其他事情所烦扰，有些教师是因为达到了一定的年龄或职称而丧失了进取心等等，这些原因不一而足。

学校为了激发教师专业发展的主动性，曾采取了多种激励措施，如优质课时评定、结构工资改革等，大部分教师的积极性都被调动了起来，但仍有部分教师态度较为消极。今后，我们将对这部分教师逐个分析原因，做到对症下药。

（二）工学研矛盾较为突出

在我们对学校三个教龄段的教师的专业发展需求状况所做的调查中就发现，学校教师在工作、进修学习与科研三者之间的时间安排上的矛盾较为突出。首先，老师的工作负担大，备课、上课、批改学生作业、班主任工作几乎占用了老师全部的工作时间，有时还要占用老师大量的休息时间。由于学校是一所新型转制学校，对师生比的配备比较紧张，再加上学校严格的教学规章制度，学校教师的工作负荷相当大。虽然老师十分敬业，对此并没有太大的怨言，但若在繁重的工作之余再加上额外的专业发展活动的话，老师确实有些吃不消。所以，从一开始探索个别化的教师专业发展时，我们就力求在校内使教师的专业发展活动与教师的本职工作结合起来。通过聘请校外专家到校指导、优化教研组的活动、加强教师个人的教学研究、教学反思等，提高教师的专业水平，减轻教师不必要的工作负担。然而，在实践中我们发现，教师的工作负担依然很重。部分原因是由于我们还未能处理好教学管理的刚性与弹性之间的关系，从而使对教师的要求过细、过杂、过乱；其他原因包括学校间的竞争、有限的教师人数等。虽然，在校内立足于教师的本职工作来促进教师的专业发展是一个主要的措施，但教师的外出进修学习也是不可或缺的。在教师人数紧张的情况下，一位教师的外出进修学习，必然给其他有关教师增加工作负担。所以，曾有一段时间，学校教师不忍心外出进修学习。在学校增加了一些教师之后，这种现象有所改观。但离理想的情况还有一段距离。如何在保证办学效益的情况下使教师处于一种宽松适度的教学环境仍然是学校今后要研究的一个课题。

（三）学校内部科研力量较弱

自学校成立以来，我们一直非常重视教科研工作在提高教育质量中的重要作用。为了提升学校的科研水平，我们聘请上师大的有关专家来学校指导，并且定期召开专家咨询会，以充分听取专家的意见，规划和完善学校的教科研工作。经过长期不懈努力，我们的确在教科研方面取得了一定的成绩，如学校1994年承担了上海市教委普教重点科研课题"21世纪国际型人才的基础素质研究",该课题的研究成果以专著的形式的发表,在社会上产生了较大的影响。1999年我们又申报了"促进教师专业发展的校本教师培训研究"市级课题,同年获得批准立项。在学校总课题的带动下,学校教师纷纷参与到各项子课题和自选课题的研究中来,取得了一大批有质量的科研成果。

借用科研"外力"的目的是为了增强学校的科研"内力"。然而,在多年的探索和实践之后,我们仍然觉得学校的科研"内力"还不够强大。这不仅反映在学校对教师申报课题缺乏有效的指导与协调,还反映在学校难以及时对已有的经验和做法进行总结和推广。此外,对于课题研究、教育教学工作与学校发展之间关系的理性思考还缺乏深度;教师本人对科研重要性的认识还比较模糊,科研能力还比较薄弱。造成这些问题的原因当然是多方面的,如职前教师培养缺乏对师范生进行有效的科研训练,学校管理者和教师工作负担重,无暇科研工作,教师在观念上否定或排斥把科研作为自己的一项必不可少的工作等。所以,如何通过课题研究,加强学校自身的科研力量,是我们今后将关注的一个核心问题。

(四)教师职业生涯规划能力欠缺

教师职业生涯规划是教师本人在正确认识自己的兴趣、能力等基础上,对自身的发展目标以及达到目标的措施所做的整体设计。有了明确的生涯规划,教师就能够妥当地安排自己的学习活动,处理好校本学习与校外学习之间的关系,而不是盲目地、被动地接受外界的安排。从对学校教师专业发展情况的问卷调查中,我们就发现,各个教龄段的教师在职业生涯规划的意识和能力方面均有待提高。

为此,在个别化的教师专业发展的探索中,为了指导教师对自己的生涯规划进行设计,学校制定了教师个人专业发展的长期、中期和短期规划表,在对有关内容进行解释之后,要求教师按照表格的要求一一填写。此外,为了指导教师正确认识自己的优势和发展方向,学校还要求教师写个人专业成长史,提供教师专业发展目标框架,主要包括五个方面:定向、职称、学历、教学和科研。教师可以根据自己的情况,确定发展的目标。这些措施为提高教师的生涯规划能力起到了一定的作用,但离理想的目标还有一定的距离,这主要是因为我们校领导自身还缺乏指导教师进行生涯规划设计的能力,我们所制定的教师个人专业发展规划、教师专业发展目标的框架都有待完善,我们自身还需要进一步的学习和发展。

总之,我们对个别化的教师专业发展的研究还刚刚起步,还有许多问题有待研究。例如,教师服从学校工作需要与学校照顾教师个人兴趣特长之间的关系,教师任用上的"扬长避短"与培养上的"扬长补短"之间的关系,严格规范与人性化管理之间的关系,以及对激励机制和评价体系的改革与完善等。这些问题成为我们进一步深化个别化教师专业发展研究的新起点。

参考文献:

1. 丁笑炯,我国个别化教学研究述要[J].中小学管理.1998,(7-8).

2. 林炳伟,谈中学教师生涯发展[J].教育科学研究.2000,(12).

3. 夏惠贤,论教师的专业发展[J].外国教育资料.2000,(5).

4. 张民选,专业知识显性化与教师专业发展[J].教育研究.2002,(2).

5. 岳龙,黄德平,隐性知识显性化——中小学校长培训新模式的探索与反思[J].全球教育展望,2003,(8).

6. 张素玲,教师专业发展的特点与策略[J].辽宁教育研究.2003,(8).

7. 刘万海,教师专业发展:内涵、问题与趋向[J].教育探索.2003,(12).

8. 洪明,教师教育的理论与实践[M].福州:福建教育出版社.2002.

9. 李晶,中小学教师继续教育工程[M].长春:东北师范大学出版社.2002.

10. 王小平、钱佩红著,岁月如歌[M].上海:上海教育出版社.2003.

11. 教育部师范教育司编写,教师专业化的理论与实践[M].北京:人民教育出版社.2003.

12. 华东师范大学情报研究所、上海市教师进修院校图书资料协作会编,教师专业发展的理论与实践[C].上海:东华大学出版社.2004.

13. Ralph Fessler & Judith C. Christensen 著,董丽敏等译,教师职业生涯周期——教师专业发展指导[M].北京:中国轻工业出版社.2005.

14. Fuller, F. & Bown, O. Becoming a teacher. In K. Ryan (Ed.), Teacher education (The 74th yearbook of the study of education). Chicago, IL: University of Chicago press, 1975.

15. Johnson, Susan Moore & Kardos, Susan M. (2002). Redesigning professional development: keeping new teachers in mind. Educational Leadership, Mar2002, Vol. 59 Issue 6.

附录:学校教师专业发展需求调查问卷

尊敬的老师:

您好!为了了解新教师的实际专业需求,以便更好地为教师提供专业发展机会,我们设计了该问卷。这不是任何意义上的测验或评价,所以请您根据自己的实际做法如实回答。谢谢您的合作!

一、基本情况

1. 性别_____ 2. 出生年月_____ 3. 参加工作日期_____

4. 教龄_____ 5. 本校教龄_____ 6. 您现在所教的科目是_____

7. 您现在所教的年级是_____、_____、_____ 8. 您现在的职称是_____

9. 您的最后学历是(中专或中专以下、大专、大本或大本以上)_____

二、选择题

(一) 请阅读1~16题的叙述,并确定就您自己的教学而言,您对这些叙述给予了多大程度的关注,请在相应的选择项上打"√"。

1. 缺少教学材料
① 很少或无关注 ② 有些关注 ③ 中等关注 ④ 很关注

2. 感到有很大的时间压力
① 很少或无关注 ② 有些关注 ③ 中等关注 ④ 很关注

3. 校长在场时好好表现
① 很少或无关注 ② 有些关注 ③ 中等关注 ④ 很关注

4. 满足不同学生的需要
① 很少或无关注 ② 有些关注 ③ 中等关注 ④ 很关注

5. 非教学的任务太多
① 很少或无关注 ② 有些关注 ③ 中等关注 ④ 很关注

6. 诊断学生存在的问题
① 很少或无关注 ② 有些关注 ③ 中等关注 ④ 很关注

7. 感到适合做教师
① 很少或无关注 ② 有些关注 ③ 中等关注 ④ 很关注

8. 激励缺少动机的学生
① 很少或无关注 ② 有些关注 ③ 中等关注 ④ 很关注

9. 为专业人士所接受
① 很少或无关注 ② 有些关注 ③ 中等关注 ④ 很关注

10. 每天要应付的学生太多

① 很少或无关注　② 有些关注　③ 中等关注　④ 很关注

11. 引导学生在智力和情感方面的成长

① 很少或无关注　② 有些关注　③ 中等关注　④ 很关注

12. 是否满足了每一个学生的需要

① 很少或无关注　② 有些关注　③ 中等关注　④ 很关注

13. 得到积极的教学评价

① 很少或无关注　② 有些关注　③ 中等关注　④ 很关注

14. 教学情境中的例行和常规工作

① 很少或无关注　② 有些关注　③ 中等关注　④ 很关注

15. 维持对课堂的适度控制

① 很少或无关注　② 有些关注　③ 中等关注　④ 很关注

16. 缺少有效的设施/装备

① 很少或无关注　② 有些关注　③ 中等关注　④ 很关注

(二) 请仔细阅读以下各题,做出最符合自己实际情况的选择:

17. 您的学历所对应的专业与现在任教的学科一致吗? 请在相应的选择项上打"√"。

① 不一致　② 相关　③ 一致

18. 还能胜任其他学科的教学吗?

① 不能　② 能

19. 所学习的专业知识主要来自:

① 实际教学工作　② 自学　③ 参加继续教育培训　④ 其他_____

20. 您对所教学科的基本理论的掌握状况:

① 差　② 一般　③ 较好　④ 很好

21. 是否经常有意识地了解本学科的发展情况?

① 从不　② 很少　③ 有时　④ 经常　⑤ 总是

22. 除了所教学科外,您对其他方面的知识的兴趣:

① 完全没有　② 不太广泛　③ 较广泛　④ 一般　⑤ 非常广泛

23. 是否学过电化教育方面的课程?

① 否　② 是

24. 学过的教育理论对您的教学工作的作用:

① 很小　② 一般　③ 很大

25. 是否经常阅读教育方面的书报、杂志?

① 从不　② 很少　③ 有时　④ 经常　⑤ 总是

26. 自己拥有的教学资料(除教材外的教育、专业方面的书籍和刊物):

① 5 本以上　② 6 ~ 20 本　③ 21 ~ 50 本　④ 50 本以上

27. 提高教学能力(包括技能)的主要途径:

① 在实际工作中总结提高　② 教研活动　③ 观摩学习其他教师的先进经验
④ 参加继续教育培训　⑤ 其他_____

28. 在公共场合,您是否善于表达自己的看法:

① 不善于　② 一般　③ 很善于

29. 对组织学生进行课外实践活动:

① 不擅长　② 一般　③ 很擅长

30. 能对教学效果做出正确的评价和分析吗?

① 不能　② 有时能　③ 完全能够

31. 做学生的思想政治工作:

① 不善于　② 一般　③ 善于

32. 您与其他教师进行业务交流吗?

① 从不　② 很少　③ 有时　④ 经常　⑤ 总是

33. 您认为与您同学科的其他教师的教学基本技能状况是:

① 差　② 较差　③ 一般　④ 较强　⑤ 很强

34. 您在教学中使用过的媒体有:

① 幻灯机　② 投影机　③ 录像机　④ 录音机　⑤ 计算机　⑥ 语音实验室
⑦ 挂图或图片　⑧ 教学模型　⑨ 没有使用过上述媒体

35. 在教学中编制过的教学软件有:

① 幻灯片　② 投影片　③ 录音带　④ 录像带　⑤ 计算机教学软件　⑥ 没
有编制过上述软件

36. 您写过:

① 教学工作总结　② 专题报告　③ 研究论文

37. 您的文章曾经发表在:

① 学校刊物　② 区、县刊物　③ 市级刊物　④ 国家级刊物

38. 对您现在的工作,您是:

① 不喜欢　② 没太大兴趣　③ 喜欢　④ 非常热爱

39. 对现在您所教的学科您是:

① 不喜欢　② 没太大兴趣　③ 喜欢　④ 非常热爱

40. 是否经常主动与学生交流:

① 几乎没有　② 很少　③ 经常

41. 您的学生是否经常向您提问:

① 几乎没有　② 很少　③ 经常

42. 您觉得参加继续教育:

① 没有必要　② 无所谓　③ 有必要　④ 急需

43. 您参加继续教育最为迫切的需要是:

① 提高专业知识水平　② 更新知识,了解本学科发展的新成就、新信息
③ 提高教育理论水平　④ 提高实际教学能力　⑤ 扩展知识面　⑥ 了解教改

形势 ⑦ 与同行交流 ⑧ 观摩教学 ⑨ 其他＿＿＿＿＿＿＿＿＿

44. 您认为参加继续教育学习主要是为了：
① 获得证书 ② 晋级提薪 ③ 更新知识提高对社会的适应力 ④ 其他＿＿＿
＿＿＿＿＿＿＿＿＿

45. 您认为现在继续教育的主要问题是：
① 个人工作、生活负担过重,交通不便 ② 课程设置不合理,所学内容不实用
③ 教师水平不高,教学方法陈旧 ④ 行政管理机制不完善 ⑤ 其他＿＿＿＿
＿＿＿＿＿＿＿＿

46. 您认为在继续教育中需要学习的公共政治课：
① 马克思主义理论 ② 教育政策法规 ③ 教师职业道德 ④ 社会主义市场
经济理论 ⑤ 有中国特色的社会主义理论 ⑥ 不需要 ⑦ 其他＿＿＿＿＿＿

47. 您在继续教育中最需要学习的教育、心理类课程是：
① 学科教育学 ② 教育科学研究方法 ③ 教育教学管理 ④ 教改动态
⑤ 教育统计、测量与评价 ⑥ 教学基本技能课程 ⑦ 教育技术学 ⑧ 教育
心理 ⑨ 心理咨询 ⑩ 不需要 ⑪ 其他＿＿＿＿＿＿＿＿

48. 您认为需要在继续教育中学习的普通基础课程：
① 环境科学 ② 现代科学技术基础 ③ 社会学 ④ 公共关系学 ⑤ 艺术
欣赏 ⑥ 外语类 ⑦ 市场与金融类 ⑧ 工艺类 ⑨ 数学类 ⑩ 计算机类
⑪ 营养与健康类 ⑫ 文化与修养 ⑬ 不需要 ⑭ 其他＿＿＿＿＿＿＿＿

49. 您认为下列四类课程的课时比重的顺序由大到小应该是：＿＿＿＿＿＿＿＿
＿＿＿＿＿。
① 专业课程 ② 教育类课程 ③ 教学技能训练课 ④ 普通基础课程

50. 请给继续教育中专业课内容的重要程度由大到小排序：＿＿＿＿＿＿＿＿。
① 基本理论 ② 学科新知识 ③ 学科教改动向 ④ 科研成果应用

51. 您认为哪一些教学模式对自己比较适合：
① 自学方式 ② 系统授课式 ③ 导师式 ④ 讲座式 ⑤ 研讨班 ⑥ 校内
教研活动 ⑦ 函授方式 ⑧ 广播电视授课

52. 您希望进修的时间安排：
① 平时集中学习 ② 分散学习 ③ 假期集中学习

53. 教师是所教专业的学者,从学历水平上是大学毕业,能掌握新专业,具有
知识更新、知识扩展能力。您认为这种要求：
① 没必要 ② 应该 ③ 太高

54. 教师是教育专业的学者,要掌握教师职业的基本理论和特殊技能,您认为
这种要求：
① 没必要 ② 应该 ③ 太高

55. 教师是一名交往者,有良好的交际关系,以了解不同背景的学生的心理特
点,恰当解决学生中的各种行为问题。您认为这种要求：

① 没必要　②应该　③太高

56. 教师是一个管理决策者,具有判断能力、解决问题的能力。您认为这种要求:

① 没必要　②应该　③太高

57. 教师是有教养的楷模,对工作专心而负责,有责任感,具有优良的师德和良好的心理品质。您认为这种要求:

① 没必要　②应该　③太高

58. 经过这些年的教学,您觉得要胜任教师工作,必须:

① 经常参加校外进修　②与同事搞好关系,主动向同事学习　③自己开展教学科研,不断提高教学水平　④强化自学意识,利用各种机会自我提高　⑤参加专家讲座

59. 经过这些年的教学,我感到:

① 在学校工作是我的最佳选择　②如果有机会,最好离开学校　③做什么工作都不易,做教师也凑合

60. 课后对上课中的经验与不足进行反思:

① 从不　②很少　③有时　④经常　⑤总是

61. 根据自己的体会和同事的评价,我觉得:

① 我做教师最能发挥我的特长　②如果兼任学校管理工作,更能显示我的优势　③擅长做收集整理教学资料、制作教具、设计课件等工作　④更擅长做_____

三、问答题

1. 就对您的专业发展影响来说,您认为在您的专业成长过程中有哪件(些)事是对您最大的奖励? 为什么?

2. 在您的专业成长过程中最困扰您的是什么? 为什么?

3. 师范教育课程对您的专业成长有何帮助?

4. 本校的教师教育计划怎样才能更好地为您的专业成长做好准备?

5. 您的校长对您的专业成长是否有帮助？是如何帮助的？

6. 您的同事对您的专业成长是否有帮助？是如何帮助的？

7. 课题研究对您的专业成长是否有帮助？是如何帮助的？

8. 哪些进修学习对您做教师帮助最大？为什么？

9. 您认为获得专业进步的主要原因是什么？

10. 您现在是否有长远的专业进修和学习规划？您如何看待自己专业发展方向和专业发展规划？

11. 您认为我们学校在促进教师专业发展方面有哪些特色？为了更好地促进教师专业进步，您有哪些建议？

后　记

从历史发展来看,教师专业发展经历了一个较为曲折的过程。人们一般将教师专业发展分为四个层次:(1) 外部群体的专业化,即教师群体的专业化,它强调对教师群体的专业地位的认可和社会地位的提高;(2) 外部个体的专业化,即个人职业地位的上升和各种专业荣誉的获得,它表现形式往往是教师个体的被动专业化;(3) 内部群体的专业化,即群体教师整体性的专业化,它强调制定严格规范的资格许可制度和任职制度,实现专业主义(professionalism);(4) 内部个体的专业化,即教师内在专业素养的养成和教学实践的改善,它强调了教师个体主动的专业化。也就是说,教师的专业发展是由外部向内部、从群体向个体、由个体被动向个体主动发展的过程。这些策略在一定的时期内确实起到了引领教师专业发展的作用,但随着实践的发展,人们逐渐发现,规范和制度本身并无法确保每一位教师专业知识和专业技能的不断改进和提高,这就要求走教师个体专业化的路子。因此,我们在对学校教师进行全面的专业发展需求分析之后,对原先的课题进行了重新界定,把课题研究的重点放在"个别化"的研究上,并以此作为学校教师专业发展的基本思路。于是,我们把学校承担的上海市教委的课题"促进教师专业发展的校本教师培训研究"改成了"个别化教师专业发展研究"。

"个别化"是相对于"统一化"而言的。"统一化"的教师专业发展策略指的是对全体教师提供相同的培训内容、采用相同的培训方式、完成相同的培训任务等。从实践效果来看,这种培训方式由于没有涉及教师的个人专业需求、教龄以及个性特点等因素,因而培训效果往往事倍功半。为此,我们提出了与上述"统一化"相对的"个别化教师专业发展"的概念。"个别化的教师专业发展"概念包含以下四层涵义:与教师所处的专业发展阶段相应的个别化促进策略;与教师任教学科相应的个别化促进策略;针对教师个体的个别化促进策略;与教师的个性特点相宜的个别化促进策略。因而,"促进个别化教师专业发展"蕴涵着两层涵义:一是从面向全体教师的统一化的专业发展促进策略转为面向一类教师的共同促进策略,包括面向处于同一发展阶段教师的促进策略、面向处于同一学科教研组的教师的促进策略、面向个性特点相似的教师的促进策略;二是从面向一类教师的共同促进策略转为面向教师个体的促进策略。上述思路反映了专业发展实践策略从"类的层面"逐渐到"个体层面"的认识的轨迹。首先,在学校层面上,我们对教师专业发展的促进策略是按教师所处的专业发展阶段实施一般化的、共同的促进策略。其次,我们按照教师任教学科内容和所在教研组,实施适应学科和学科组特点的促进策略。最后,学校根据教师在教学、科研或管理等方面的实际表现,结合教师个人的自我发展需求,为每一位教师的专业发展量身定做,将专业发展的促进策略体现在每一位教师个人的发展需求上,体现了个体层面的个别化专业发展促进策略。

本书的出版得到了许多领导、专家的支持和帮助,在此对他们表示诚挚的谢意。他们是:著名教育家吕型伟、原世界外国语小学董事长施伯云、上海市教委副主任张民选教授、上海师范大学吴立岗教授、上海市浦东新区教育发展研究院顾志跃教授、上海市教育科学研究院朱怡华研究员、原上海市徐汇区教育局副局长叶宝康、上海市徐汇区教育学院张社、张振芝等。

本书是集体创作的成果,由王小平、夏惠贤任主编,陈霞、施伯云、钱佩红、陈民仙任副主编。在整个研究过程中,世界外国语小学的全体教师积极参与,并提供了第一手的资料,部分教师撰写了本书中的案例。

上海世界外国语小学　王小平

上海师范大学　夏惠贤

2006 年 9 月 14 日

图书在版编目(CIP)数据

个别化教师专业发展研究 / 王小平,夏惠贤主编.上海:
上海教育出版社,2006.11
ISBN 7-5444-1029-3

Ⅰ.个... Ⅱ.①王...②夏... Ⅲ.师资培训—研究
Ⅳ.G451.2

中国版本图书馆 CIP 数据核字(2006)第 130986 号

个别化教师专业发展研究

王小平 夏惠贤 主编

上海世纪出版股份有限公司
上海 教 育 出 版 社 出版发行

(上海永福路 123 号 邮政编码:200031)

各地新华书店经销 上海巅辉印刷厂印刷

开本 787×1092 1/16 印张 9.5

2006 年 11 月第 1 版 2006 年 11 月第 1 次印刷

印数 1~4,000 本

ISBN 7-5444-1029-3/G·0844 定价:20.00 元

(如发生质量问题,读者可向工厂调换)